U0088152

這句日語你用對了嗎？

この本で大丈夫！

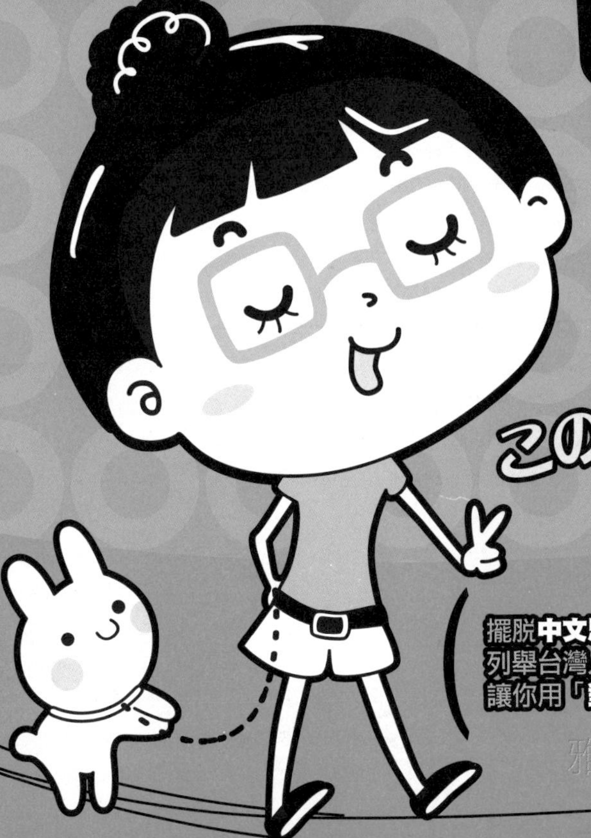

擺脫**中文思考**的日文學習方式
列舉台灣人學日文**最常混淆**的各種用法
讓你用「**對**」的日文順利溝通

雅典日研所 企編

這句日語你用對了嗎／雅典日研所 企編. -- 初版.
--臺北縣汐止市 ： 雅典文化, 民99.11
面； 公分. -- （日語大師：3）
ISBN⊙978-986-6282-21-8（平裝）
1. 日語　　2. 句法
803.169　　99017616

日語大師：3

這句日語你用對了嗎

企　　編｜雅典日研所
出 版 者｜雅典文化事業有限公司
登 記 證｜局版北市業字第五七〇號
發 行 人｜黃玉雲
執行編輯｜許惠萍
編 輯 部｜221 台北縣汐止市大同路三段 194 號 9 樓之 1
TEL ／(02)86473663
FAX ／(02)86473660
劃撥帳號｜18965580 雅典文化事業有限公司
法律顧問｜中天國際法事務所 涂成樞律師、周金成律師
總 經 銷｜永續圖書有限公司
221 台北縣汐止市大同路三段 194 號 9 樓之 1
E-mail: yungjiuh@ms45.hinet.net
網站：www.foreverbooks.com.tw
郵撥：18669219
TEL ／(02)86473663
FAX ／(02)86473660
出 版 日｜2010 年 11 月

50音基本發音表

清音

track 002

a	ㄚ	i	ㄧ	u	ㄨ	e	ㄝ	o	ㄡ
あ	ア	い	イ	う	ウ	え	エ	お	オ
ka	ㄎㄚ	ki	ㄎㄧ	ku	ㄎㄨ	ke	ㄎㄝ	ko	ㄎㄡ
か	カ	き	キ	く	ク	け	ケ	こ	コ
sa	ㄙㄚ	shi	ㄒ	su	ㄙ	se	ㄙㄝ	so	ㄙㄡ
さ	サ	し	シ	す	ス	せ	セ	そ	ソ
ta	ㄊㄚ	chi	ㄑㄧ	tsu	ㄘ	te	ㄊㄝ	to	ㄊㄡ
た	タ	ち	チ	つ	ツ	て	テ	と	ト
na	ㄋㄚ	ni	ㄋㄧ	nu	ㄋㄨ	ne	ㄋㄝ	no	ㄋㄡ
な	ナ	に	ニ	ぬ	ヌ	ね	ネ	の	ノ
ha	ㄏㄚ	hi	ㄏㄧ	fu	ㄈㄨ	he	ㄏㄝ	ho	ㄏㄡ
は	ハ	ひ	ヒ	ふ	フ	へ	ヘ	ほ	ホ
ma	ㄇㄚ	mi	ㄇㄧ	mu	ㄇㄨ	me	ㄇㄝ	mo	ㄇㄡ
ま	マ	み	ミ	む	ム	め	メ	も	モ
ya	ㄧㄚ			yu	ㄧㄩ			yo	ㄧㄡ
や	ヤ			ゆ	ユ			よ	ヨ
ra	ㄌㄚ	ri	ㄌㄧ	ru	ㄌㄨ	re	ㄌㄝ	ro	ㄌㄡ
ら	ラ	り	リ	る	ル	れ	レ	ろ	ロ
wa	ㄨㄚ			o	ㄡ			n	ㄣ
わ	ワ			を	ヲ			ん	ン

濁音

track 003

ga	ㄍㄚ	gi	ㄍㄧ	gu	ㄍㄨ	ge	ㄍㄝ	go	ㄍㄡ
が	ガ	ぎ	ギ	ぐ	グ	げ	ゲ	ご	ゴ
za	ㄗㄚ	ji	ㄐㄧ	zu	ㄗ	ze	ㄗㄝ	zo	ㄗㄡ
ざ	ザ	じ	ジ	ず	ズ	ぜ	ゼ	ぞ	ゾ
da	ㄉㄚ	ji	ㄐㄧ	zu	ㄗ	de	ㄉㄝ	do	ㄉㄡ
だ	ダ	ぢ	ヂ	づ	ヅ	で	デ	ど	ド
ba	ㄅㄚ	bi	ㄅㄧ	bu	ㄅㄨ	be	ㄅㄟ	bo	ㄅㄡ
ば	バ	び	ビ	ぶ	ブ	べ	ベ	ぼ	ボ
pa	ㄆㄚ	pi	ㄆㄧ	pu	ㄆㄨ	pe	ㄆㄝ	po	ㄆㄡ
ぱ	パ	ぴ	ピ	ぷ	プ	ぺ	ペ	ぽ	ポ

拗音

track 004

kya ㄎㄧㄚ		kyu ㄎㄧㄩ		kyo ㄎㄧㄡ	
きゃ	キャ	きゅ	キュ	きょ	キョ
sha ㄒㄧㄚ		shu ㄒㄧㄩ		sho ㄒㄧㄡ	
しゃ	シャ	しゅ	シュ	しょ	ショ
cha ㄑㄧㄚ		chu ㄑㄧㄩ		cho ㄑㄧㄡ	
ちゃ	チャ	ちゅ	チュ	ちょ	チョ
nya ㄋㄧㄚ		nyu ㄋㄧㄩ		nyo ㄋㄧㄡ	
にゃ	ニャ	にゅ	ニュ	にょ	ニョ
hya ㄏㄧㄚ		hyu ㄏㄧㄩ		hyo ㄏㄧㄡ	
ひゃ	ヒャ	ひゅ	ヒュ	ひょ	ヒョ
mya ㄇㄧㄚ		myu ㄇㄧㄩ		myo ㄇㄧㄡ	
みゃ	ミャ	みゅ	ミュ	みょ	ミョ
rya ㄌㄧㄚ		ryu ㄌㄧㄩ		ryo ㄌㄧㄡ	
りゃ	リャ	りゅ	リュ	りょ	リョ

gya ㄍㄧㄚ		gyu ㄍㄧㄩ		gyo ㄍㄧㄡ	
ぎゃ	ギャ	ぎゅ	ギュ	ぎょ	ギョ
ja ㄐㄧㄚ		ju ㄐㄧㄩ		jo ㄐㄧㄡ	
じゃ	ジャ	じゅ	ジュ	じょ	ジョ
ja ㄐㄧㄚ		ju ㄐㄧㄩ		jo ㄐㄧㄡ	
ぢゃ	ヂャ	づゅ	ヂュ	ぢょ	ヂョ
bya ㄅㄧㄚ		byu ㄅㄧㄩ		byo ㄅㄧㄡ	
びゃ	ビャ	びゅ	ビュ	びょ	ビョ
pya ㄆㄧㄚ		pyu ㄆㄧㄩ		pyo ㄆㄧㄡ	
ぴゃ	ピャ	ぴゅ	ピュ	ぴょ	ピョ

● 平假名 | 片假名

track 005

お疲(つか)れ様(さま)

辛苦您了

ご苦労様(くろうさま)

辛苦你了

説　明

「お疲(つか)れ様(さま)」和「ご苦労様(くろうさま)」翻成中文都是「辛苦了」的意思。但是「ご苦労様(くろうさま)」只能對晚輩、下屬說。如果說話的對象是平輩、長輩時，就要用「お疲(つか)れ様(さま)」。兩者的差別整理如下：

お疲(つか)れ様(さま)：對象為長輩、平輩。
ご苦労様(くろうさま)：對象為晚輩、下屬。

「お疲(つか)れ様(さま)」的用法

例　句

A ただいま戻(もど)りました。
我回來了。

B おっ、田中(たなか)さん、お疲(つか)れ様(さま)でした。
喔，田中先生，你辛苦了。

例　句

A 用事があるから、先に帰るわ。

我還有事，先走了。

B うん、お疲れ。

好的，辛苦了。

（用於非正式場合）

➪ お仕事お疲れ様でした。

工作辛苦了。

➪ では、先に帰ります。お疲れ様でした。

那麼，我先回家了。大家辛苦了。

➪ お疲れ様。お茶でもどうぞ。

辛苦了。請喝點茶。

➪ 長い間、お疲れ様でした。あちらへ行っても宜しくお願いします。

這段時間辛苦你了。到了那邊也請多多指教。

(用於對方調職或是換工作時)

「ご苦労様」的用法

例　句

A ただいま。

我回來了。

B お使いご苦労様。暑かったでしょう。

你幫忙跑腿辛苦了。很熱吧？

例 句

A 課長、わたしはこれで失礼します。

課長，不好意思我先離開了。

B はい。ご苦労様でした。

好的，辛苦了。

例 句

A 先生、本を持ってきました。

老師，我把書拿來了。

B はい、ここへ置いてください。重かったでしょう。ご苦労様。

好，先放在這裡就可以了。很重吧？辛苦你了。

例 句

A 田中、もう八時だよ。私にかまわず、先に帰ってくれ。

田中，已經八點了喔。不用在意我，你先回去吧。

B じゃあ、お先に失礼します。

那麼，我就先告辭了。

A ああ、ご苦労さん。

好，辛苦你了。

(「ご苦労様」也可以說成「ご苦労さん」)

➪ 毎日(まいにち)のお勤(つと)め、ご苦労様(くろうさま)です。

每天努力工作，辛苦你了。

➪ 遠路(えんろ)はるばるご苦労様(くろうさま)でした。

大老遠過來，辛苦你了。

➪ 長(なが)い間(あいだ)ご苦労様(くろうさま)でした。

長期以來辛苦你了。

➪ 受験(じゅけん)ご苦労様(くろうさま)でした。

準備考試辛苦你了。

track 006

お元気で
多多保重

お大事に
請好好養病

說明

「お元気で」和「お大事に」在中文裡雖然都是「保重」的意思，但是使用的場合卻大不相同。

「お元気で」是「どうぞお元気でいてください」的意思，是用在離別時和對方有一段時間見不到面，請對方要保重身體。

而「お大事に」則是「体を大事にしてください」的意思，用在對方生病前往慰問時，請對方好好養病。兩者的差別如下：

お元気で：用在長期離別的場面。
お大事に：用在探病或寫信慰問病情時。

「お元気で」的用法

➪ 会社の事情で転職することになりました、みなさんもお元気で。

因為公司的關係，我要換工作了。大家也要保重喔。
(對不熟、以後可能不會常見面的人說)

➪ 元気でいてね。
保重喔。／注意身體喔。

➪ いつまでも元気でいてください。
請保重。

「お大事に」的用法

例 句

A インフルエンザですね。二、三日は家で休んだほうがいいです。
你得了流感。最好在家休息個兩、三天。

B はい、分かりました。
我的，我知道了。

A では、お大事に。
那麼，就請保重身體。

➪ りょうちゃんに「お大事に」と伝えておいてください。
請幫我轉告小涼「請好好養病」。

➪ どうぞお大事に。
請保重身體。／請好好養病。

➪ お大事に、早くよくなってくださいね。
請好好養病，要早點好起來喔！

track 007

どういたしまして

不客氣

結構(けっこう)です

不用了／可以了

說 明

「どういたしまして」和「結構(けっこう)です」都是在禮貌性的會話中經常用到的句子。那麼，當聽到對方道謝說「ありがとうございます」時，我們應該用哪一句話來回答呢？

「どういたしまして」是「不客氣」、「哪兒的話」的意思，表示自己做的不過是舉手之勞。

「結構(けっこう)です」則有兩種意思，一種是否定的意思，用在委婉拒絕對方的好意，表示「不用」、「不需要」。另一個意思則是肯定的意思，表示「非常」、「也可以」的意思。

在中文裡的「不客氣」也可以說成「不用客氣」，但這時可千萬不能說成「結構(けっこう)です」，否則就變成「夠了，我不需要你的道謝」，反而是失禮的回答。

「どういたしまして」和「結構(けっこう)です」的用法整理如下：

どういたしまして：不客氣、哪兒的話。（當對方向自己道謝時）

結構(けっこう)です：可以了、不用了、夠了。（向對方表達自己不需要某樣東西時）

「どういたしまして」的用法：

例句

A 先日(せんじつ)は大変(たいへん)ありがとうございました。
前些日子真是謝謝你了。

B いいえ、どういたしまして。
不，別客氣。

例句

A 手伝(てつだ)っていただき、どうもありがとうございました。
真是感謝你的幫忙。

B いいえ、どういたしまして。
不，別客氣。

例句

A あっ、すみません。
啊，真是不好意思。
（這裡的すみません用法等同於ありがとう）

B いいえ、どういたしまして。
不，別客氣。

「結構(けっこう)です」的用法

例句

A お手伝いしましょうか。

需要幫忙嗎？

B いいえ、結構(けっこう)です。

不用了。（否定用法）

例　句

A コーヒーいかがですか。

需要咖啡嗎？

B 結構(けっこう)です。

不用了。（否定用法）

例　句

A ワインをもう1杯(ぱい)いかがですか。

要不要再來杯酒？

B 今(いま)は結構(けっこう)です。

不用了。

（否定用法）

➪ レジ袋(ぶくろ)は結構(けっこう)です。

不用塑膠袋了。

（否定用法，購物時對店員說）

➪ 砂糖(さとう)は結構(けっこう)です、フレッシュだけお願(ねが)いします。

不需要砂糖，請給我奶精球就可以了。

（否定用法）

➪ これだけあれば結構（けっこう）です。

有這些就夠了。

（肯定用法）

➪ それで結構（けっこう）。

這樣就夠了。

（肯定用法）

➪ もう結構（けっこう）です、十分（じゅうぶん）いただきました。

已經夠了，我吃很多了。

（否定用法）

➪ 支払（しはら）いはカードでも結構（けっこう）です。

用信用卡付款也可以。

（肯定用法）

track 008

すみません
對不起／謝謝

ありがとう
謝謝

說明

「ありがとう」是「謝謝」的意思；「すみません」是「對不起」的意思。

但是很多時候，「すみません」也可以用來當成「謝謝」的意思使用，通常是接受了對方的好意之後，表達自己「真是不好意思」，用來代替「ありがとう」。所以在日文的會話中，「すみません」會比「ありがとう」的用法更為廣泛。整理兩者的用法如下：

ありがとう：「謝謝」的意思，用來表示謝意。
すみません：「對不起」、「不好意思」之意，用來表示歉意或謝意。

「ありがとう」的用法

例句

A ありがとうございます。助(たす)かりました。
謝謝你。你真的幫了大忙！

B どういたしまして。
不必客氣。

例 句

A コーヒーをどうぞ。
請喝咖啡。

B ありがとうございます。
謝謝。

➩ どうもわざわざありがとう。
謝謝你的用心。

➩ ありがとうございます。
謝謝。

➩ 感動と興奮をありがとう。
謝謝你帶給我的感動和興奮。

➩ 手伝ってくれてありがとう。
謝謝你的幫忙。

「すみません」的用法

例 句

A 音楽の音がうるさいです。静かにしてください。
音樂聲實在是太吵了，請小聲一點。

B すみません。

對不起。（道歉之意）

例　句

A すみません。もう一度説明（いちどせつめい）してください。

不好意思，可以請你再說明一次嗎？（道歉之意）

B はい。

好。

例　句

A どうぞ召（め）し上（あ）がってください。

請用餐。

B すみません、じゃあ遠慮（えんりょ）なくごちそうになります。

不好意思，那我就不客氣了。（道謝之意）

➪ あっ、人違（ひとちが）いでした。すみません。

啊，我認錯人了，對不起。（道歉之意）

➪ すみません、気（き）を使（つか）っていただいて。

讓您費心了，真是不好意思。（道謝之意）

➪ ご迷惑（めいわく）おかけまして誠（まこと）にすみませんでした。

造成您的困擾，實在感到很抱歉。（道歉之意）

➪ 約束（やくそく）を忘（わす）れてしまって、すみませんでした。

忘了我們的約定，真的很抱歉。（道歉之意）

● track 009

だめ
不行

ちょっと
不太方便

説明

「だめ」和「ちょっと」都帶有「拒絕」的意思，但是「だめ」是強烈的禁止，通常是用在熟人或是長輩訓斥晚輩；在拒絕別人的請求時，若是直接說出「だめ」，是比較不禮貌而且聽的人心裡也會感到不快。最好的方法，是用「ちょっと」來委婉表示「不太方便」，才不會失了禮貌。

だめ：表示強烈禁止，通常用於長輩訓斥晚輩或是非常熟識的朋友。
ちょっと：委婉地表示不方便，禮貌地拒絕別人。

「だめ」的用法

例句

A このケーキ、食(た)べていい？
我可以吃這個蛋糕嗎？

B だめ！
絕對不可以！

例　句

A 見(み)せてくれたっていいじゃない、けち！

讓我看一下有什麼關係，真小氣。

B だめなものだからだめ。

不行就是不行。

➪ 山(やま)をかけるようなことばかりやってないで、もっと努力(どりょく)をしていくようにしなければだめだ。

別想著投機取巧，應該更努力才對。

➪ 見(み)ちゃだめ。

不可以看。

➪ 眠(ねむ)っちゃだめ。

不可以睡著。

「ちょっと」的用法

例　句

A せっかくですから、ご飯(はん)でも行(い)かない？

難得見面，要不要一起去吃飯？

B ごめん、ちょっと。

對不起，我還有點事。

例　句

A 今日(きょう)一緒(いっしょ)に映画(えいが)を見(み)に行(い)きませんか？

今天要不要一起去看電影？

B すみません、今日(きょう)はちょっと…。

對不起，今天有點不方便。

➩ 今(いま)はちょっと…。

現在沒辦法。

➩ ごめん、今(いま)ちょっと手(て)が離(はな)せないから、あとでいい？

對不起，我現在正忙，等一下可以嗎？

track 010

しなければなりませんか

非做不可嗎／一定要做嗎

してもいいですか

可以做嗎

說明

「～なければなりませんか」是「一定要～嗎」的意思，用在詢問是否可以不做某件事。而「～てもいいですか」則是「可不可以～」徵求對方的同意。兩者的用法分別如下：

「～なければなりませんか」：詢問可否不做某件事。
「～てもいいですか」：詢問可否做某件事。

「～なければなりません」的用法

例句

A 行(い)かなければなりませんか。
不去不行嗎？

B いいえ、行(い)かなくてもいいです。
不，不去也可以。

例　句

Ⓐ 病気(びょうき)になった時(とき)、どんなことをしなければなりませんか。

生病的時候，一定要做什麼事呢？

Ⓑ 病気(びょうき)になった時(とき)、薬(くすり)を飲(の)んで、寝(ね)ていなければなりません。

生病的時候，一定要吃藥，並且休息。

➪ 食事(しょくじ)をする前(まえ)に、手(て)を洗(あら)わなければなりませんか。

吃飯之前，不洗手不行嗎？

➪ 労働保険(ろうどうほけん)には加入(かにゅう)しなければなりませんか。

不加入勞保不行嗎？

「～てもいいですか」的用法

例　句

Ⓐ 試着(しちゃく)してもいいですか。

請問可以試穿嗎？

Ⓑ はい、どうぞ。

可以的，請。

例　句

Ⓐ 仕事(しごと)をお願(ねが)いしてもいいですか。

可以請你幫我做點工作嗎？

B 任せてください。

交給我吧。

例　句

A これ、花ちゃんのお土産。

這個，是給小花你的禮物。

B わぁ、嬉しい。ありがとう。開けてもいい？

哇，好高興喔！謝謝。我可以打開嗎？

➩ ドアを開けてもいい？暑いから。

可以把門打開嗎？好熱喔。

➩ ちょっと見てもいい？

可以看一下嗎？

➩ タバコを吸ってもいいですか。

可以吸菸嗎？

➩ ここで座ってもいいですか。

可以坐在這裡嗎？

➩ 写真をとってもいいですか。

可以讓我拍照嗎？

➩ トイレに行ってもいいですか。

可以去洗手間嗎？

➪ 質問してもいいですか。

可以發問嗎？

➪ テレビを見てもいいですか。

可以看電視嗎？

➪ ここで降りてもいいですか。

可以在這裡下車嗎？

track 011

しなければなりません
不能不做／一定要做

してはいけません
不可以做

說 明

「～なければなりません」是強迫對方一定要做某件事，而「～てはいけません」則是表達強烈禁止對方做某件事。兩者的用法整理如下。

「～なければなりません」：要求對方一定要做。
「～てはいけません」：禁止對方做。

「～なければなりません」的用法

例 句

A 外国(がいこく)へ行(い)きたい人(ひと)はどんなことをしなければなりませんか。
要出國的人一定要做哪些事呢？

B 外国(がいこく)へ行(い)きたい人(ひと)はビザをとらなければなりません。
要出國的人一定要辦簽證。

「～てはいけません」的用法

➡ 良い子はまねをしてはいけません。
好孩子不可以模仿。

➡ 人のせいにしてはいけません。
不可以把錯怪到別人身上。

➡ けんかをしてはいけません。
不可以吵架。

➡ 違法なこともしてはいけません。
也不可以從事違法的事。

➡ 車を運転中は、携帯電話を使用してはいけません。
開車時，不可以用行動電話。

➡ 自分がどういう行動をとったらいいのか、考えなくてはいけません。
自己該做什麼事，不想清楚不行。

track 012

いいです
不必了

いいですよ／いいですね
好的

説　明

「いいです」有兩個意思，這兩個意思恰恰相反。一個是回答「好的」，一個是回答「不用了，謝謝」。要怎麼分辨句中的「いいです」是哪個意思，就要看當時的情況，還有語尾的語助詞。通常語尾沒有加上語助詞時，是代表「不需要了」「可以了」的意思，這時通常還會配合不需要的手勢。
而語尾加上了「よ」「ね」等語助詞時，通常是表示同意，意思是「可以啊」「好啊」的意思。用法整理如下：

「いいです」：通常是用在拒絕的場合。
「いいですよ」「いいですね」：表示同意、接受。

「いいです」的用法

例　句

A もう一杯(いっぱい)どうですか。
要不要再喝一杯？

B いいです。

不用了。

例 句

A コーヒーをもう少(すこ)しいかがですか。

要不要再來一點咖啡？

B もういいです。

不用了。

例 句

A 次(つぎ)に何(なに)を飲(の)まれますか。

接著要喝什麼嗎？

B いいえ、もういいです。

不用了，我不喝。

「いいですよ」的用法

例 句

A お食事(しょくじ)でもいかがですか。

要不要去吃飯？

B いいですよ。

好啊。

例　句

A 日本語に訳していただけませんか。

可以幫我翻成日文嗎？

B ええ、いいですよ。

好啊。

例　句

A 例のイタリアレストランに行きましょうか。

要不要去常去的那家義大利餐廳？

B いいですね。

好主意！

例　句

A すみません、地図を描いてくれませんか。

不好意思，可以請你畫地圖給我嗎？

B いいですよ。紙がありませんか。

沒問題。你有帶紙嗎？

➪ ええ、いいですよ。

嗯，可以啊。

• track 013

おもしろ
面白そうです
好像很有趣

おもしろ
面白いそうです
聽說很有趣

說　明

「そう」這個單字有很多不同的意思，其中最容易搞混的，是「好像」和「聽說」兩種用法。兩者的差別在接續的方式，分別如下：

「そう」—「好像」之意：い形容詞去掉い＋そう，
例：面白そう
な形容詞去掉だ＋そう，
例：真面目そう
動詞ます形語幹＋そう，
例：倒れそう

「そう」—「聽說」之意：い形容詞＋そう，例：面白いそう
な形容詞＋だ＋そう，例：真面目だそう
動詞普通形＋そう，例：倒れるそう

「そうです」—「好像」的用法

例 句

A 遼、毎日忙しそうだけど、高校生活は楽しいか。

遼，你每天都好像很忙，高中生活快樂嗎？

B うん、部活が楽しいよ。

嗯，社團活動很快樂喔。

例 句

A みんなで紅葉狩りに行きませんか？

大家一起去賞楓吧！

B 面白そうですね。

好像很有趣呢！

例 句

A わあ、おいしそう！お兄ちゃんはまだ？

哇，看起來好好吃喔！哥哥他還沒回來嗎？

B 今日は遅くなるって言ったから、先に食べてね。

他說今天會晚一點，你先吃吧！

例 句

A どうしたの？元気がなさそうだ。

你怎麼了？看起來很沒精神耶！

B 仕事がうまくいかないなあ。

因為工作進行得不順利。

➪ 一見よさそうだがよくよく見るとかなりダサい。

第一眼看到的時候覺得還不錯，但仔細一看發覺還蠻醜的。

➪ 面白そうですね。今度読んでみます。

好像很有趣呢，我下次讀讀看。

➪ ブログって面白そうですね。

部落格好像很好玩呢。

➪ 最近土砂降りが続いて近くの川もあふれそうだった。

最近一直下大雨，附近的河川好像會潰堤。

➪ お役に立てそうにもありません。

看來一點都沒用。

「そうです」—傳聞的用法

例句

A 今日も寒くてたまらない。

今天也冷到讓人受不了。

B 天気予報によれば、明日の気温は5度に下がって、もっと寒くなるそうだよ。

根據天氣預報，明天的氣溫會下降到5度，聽說會變得更冷喔。

例　句

A 田中が課長に注意されたそうだ。

聽說田中被課長罵了。

B いい気味だ！

活該！

例　句

A 田中さんは用事があって今日は来られないそうだ。

聽說田中先生今天因為有事不能來了。

B とにかく昼まで待ってみよう。

總之我們先等到中午吧。

例　句

A 今日の数学は休講だったそうだね。

聽說今天數學課沒有上課。

B で、その時間何をしていた？

那麼，那個時間做了什麼？

例　句

A 木村さんが整形したそうだ。

聽說木村小姐有整型。

B まさか。そんなことがあるはずがない。

怎麼可能。不可能有這種事。

track 014

空いていますか
有空嗎

暇ですか
很閒嗎

說明

「空いていますか」和「暇ですか」雖然都是「有空」的意思，但是「空いていますか」是「有空」「能抽出空檔」之意。而「暇ですか」則是「空閒」「沒事做」的感覺。當要詢問對方是否有空的時候，最好是用「空いていますか」。「暇ですか」的感覺比較像是在問對方是不是很閒，通常是在對方是熟人或地位較低時使用。兩者的分別如下：

「空いていますか」：禮貌地詢問對方是否有空。
「暇ですか」：問熟人、朋友是否有空。或是問對方是不是很閒沒事做。

「空いていますか」的用法

例句

A ね、涼子。来週末は空いている？
涼子，下週末你有空嗎？

B 来週（らいしゅう）？うん、空（あ）いているよ。どうしたの。

下週嗎？嗯，有空啊。有什麼事嗎？

例　句

A くるみ、明日（あした）は空（あ）いているか？

久留美，明天你有空嗎？

B うん、大丈夫（だいじょうぶ）だけど、何（なに）？

嗯，有空啊，什麼事嗎？

➪ 今週（こんしゅう）はいつが空（あ）いていますか。

這星期哪天有空呢？

「暇（ひま）ですか」的用法

例　句

A お姉（ね）さん、これから暇（ひま）ですか。

姊，你接下來有空嗎？

B うん、なに。

有啊，幹嘛？

例　句

A 今週（こんしゅう）の土曜日（どようび）、暇（ひま）ですか。

這星期六有空嗎？

B その日（ひ）はちょっと。

那天不行耶。

例句

A 総務(そうむ)って暇(ひま)ですか。

總務部很閒嗎？

B そんなことありませんよ。

才沒有那種事呢！

track 015

わかります
知道

わかりました
知道了

わかっています
知道了

説　明

「わかります」「わかりました」「わかっています」雖然都是「知道」的意思，但根據時態的不同則有不一樣的意思。整理如下：

「わかります」：「我懂」、「我理解」、「我明白」的意思。
「わかりました」：以前不知道的事情現在知道了。或是當別人吩咐事情時，表示「我明白了」的意思。
「わかっています」：表示「早就知道了」，帶有「不用你提醒我也知道」的意思。

「わかります」的用法

➩ 日本人(にほんじん)が話(はな)す会話(かいわ)がほとんどわかります。
日本人講的話我大致都聽得懂。

➪ ここの意味がわかりますか。

了解這個部分的意思嗎？

➪ 言っている事は良くわかります。

你說的事我很明白。

「わかりました」的用法

例　句

A 田中さんですね。黄色い錠剤は毎食後 1 錠ずつ、この白いカプセルは 4 時間おきに一つずつお飲みください。

田中先生是嗎？黃色的藥錠每餐後吃 1 顆，這個白色膠囊則是 4 個小時吃一次。

B はい、わかりました。ありがとう。

好的，我知道了。謝謝。

例　句

A 金曜日までに出してください。

請在星期五之前交出來。

B はい、わかりました。

好，我知道了。

例　句

A じゃ、短くて結構ですから、スピーチをお願い。

那不然這樣，短一點也沒關係，請你說一段話。

B うん…わかった。

嗯，好吧。

例 句

A お願い！

拜託啦。

B わかった。これが最後だぞ。

好啦，這是最後一次囉！

「わかっています」的用法

例 句

A そろそろ休憩の時間ですよ。

差不多該休息囉。

B そんなことぐらいわかっているよ。

這種事不用你說我也知道啦。

例 句

A おまえのことが心配だから言っているんだ。それがわからないのか。

我是擔心你耶，你不明白嗎？

B わかっているわよ。でも、私のやりたいようにしたいのよ。どうしてわかってくれないの。

我知道啦！可是我也想照自己的想法做啊，你不懂嗎？

➪ それは嘘(うそ)だとわかっています。

一聽就知道那是謊言。

➪ 言(い)われなくてもわかっているわよ。

不用你說我也知道啦。

track 016

思い出せません

想不起來

思いつきません

想不出來

思いがけない

意想不到

說明

三者的用法差別如下：

「思い出せません」：曾經記得的事情，現在卻想不起來。

「思いつきません」：想不出解答、想不出辦法…等，腦中沒有任何想法時使用。

「思いがけない」：意想不到、始料未及的事情。

「思い出せません」的用法

例句

A この頃、もの忘れをするようになりました。
最近，變得常常忘東忘西。

B いつからですか。

是從什麼時候開始的呢？

A いつかは、はっきりと思(おも)い出(だ)せません。

我想不起來是從什麼時候開始的。

➪ 久々(ひさびさ)に突然(とつぜん)出会(であ)ったのに名前(なまえ)が思(おも)い出(だ)せません。

隔了許久才偶然碰到，想不起對方的名字。

➪ ちょっと度忘(どわす)れして思(おも)い出(だ)せない。

一時忘了想不起來。

「思(おも)いつきません」的用法

例　句

A 何(なに)をしていますか。

你在做什麼？

B 履歴書(りれきしょ)を書(か)いているんですが、志望理由(しぼうりゆう)が思(おも)いつきません。

我在寫履歷表，但是想不出申請的理由該怎麼寫。

例　句

A どうしたの？そんな暗(くら)い顔(かお)をして。

怎麼了，臉色這麼陰沉。

B よいタイトルが思(おも)いつかないの！助(たす)けて！

我想不出好的標題，快幫幫我！

「思(おも)いがけない」的用法

例　句

A お誕生日(たんじょうび)おめでとう。

生日快樂！

B どうもありがとうございます。 思(おも)いがけなくて嬉(うれ)しい。

謝謝你！沒想到會有生日驚喜，真是開心。

➪ ここで彼(かれ)に会(あ)うとは思(おも)いがけない。

沒想到會在這裡遇到他。

➪ あの人(ひと)が事件(じけん)にあうなんて本当(ほんとう)に思(おも)いがけない。

沒想到那個人會遭遇意外。

➪ 突然(とつぜん)のことで思(おも)いがけなかった。

實在太意外了意想不到。

• track 017

寒(さむ)くなってきました

變冷了

寒(さむ)くなっていきます

會變冷

說 明

「なってきました」和「なっていきます」都是用來表示變化，但前者是表示已經變了，後者是表示即將變化。兩者的意思整理如下：

「なってきました」：從以前到現在，變化已經形成。
「なっていきます」：從現在到未來，變化即將形成。

「寒(さむ)くなってきました」的用法

例 句

A 寒(さむ)くなってきたね。

天氣變冷了呢！

B うん。もうそろそろ海辺(うみべ)で遊(あそ)ぶ事(こと)は無理(むり)になりそうだよね。

對啊，接下來好像不能再在海邊玩了。

➡ だんだん寒(さむ)くなってきたので、実家(じっか)に置(お)いてあったコー

トを母が送ってくれた。

因為愈來愈冷了，媽媽幫我把放在家裡的外套寄來了。

➪ 今日はかなり寒くなってきました。

今天變得好冷。

「寒くなっていきます」的用法

例　句

Ⓐ 今日、また遅刻したか。

今天又遲到了嗎？

Ⓑ うん、どんどん寒くなって…。毎朝、朝寝坊がちなのに困るなあ。

對啊，天氣愈來愈冷，每天變得很容易賴床，我覺得很苦惱。

➪ 今日からまた寒くなっていくらしいです

今天開始好像會愈來愈冷。

➪ だんだん寒くなっていきます。

天氣愈來愈冷了。

➪ 12月に入ったらもっと寒くなっていきます。

進入12月後會變得更冷。

●track 018

あの店(みせ)は高(たか)いですか

那家店很貴

その店(みせ)は高(たか)いですか

那家店很貴

説　明

我們一般所知道的「その」「この」「あの」是用在事物遠近的時候使用。但是除了表示遠近的用法之外，「その」「あの」在會話中還扮演了不同的意思。整理如下：

「あの」：會話中，說的一方和聽的一方都知道所說的事物是什麼的時候使用。

「その」：會話中，只有其中一方知道所說的事物是什麼，另外一方並沒有去過或看過。或者是說的一方前面已經提過一次，後面再提到的時候就會用「その」來表示

「あの」的用法

例　句

A 昨日一緒(きのういっしょ)に見(み)た映画(えいが)の俳優(はいゆう)、どう思(おも)う？

昨天我們一起去看的那部電影裡的演員，你覺得怎麼樣？

B あの俳優、あまり好きじゃないわ。
那個演員，我不太喜歡耶。
（劇中的演員是說和聽的兩個人都知道的）

➪ あの人は嘘つきだ。
那個人是個騙子。
（說和聽的人都知道那個人是誰）

➪ あの本はもう読み終わったか。
那本書你讀完了嗎？
（說和聽的人都知道是哪一本書）

➪ あの件はその後どうなりましたか。
那件事後來怎麼了？
（說和聽的人都知道是什麼事）

「その」的用法

例 句

A 私、会社の同僚と結婚することになりました。
我要和公司的同事結婚了。

B よかったですね！　で、その人は、どんな人ですか。
太好了。那，那個人是怎麼樣的人？
（問的人並不認識對方說的那個人是誰）

例　句

A 夏休みに中国の少数民族を訪ねました。

暑假的時候我去拜訪了中國的少數民族。

B 本当ですか？

真的嗎？

A ええ、その民族は山の中に住んでいるんですよ。

是的。那個民族是生活在山裡面喔。

（說的人再次提到前面說過的民族時，用「その」來表示）

track 019

なかなかできません
有點辦不到

どうしてもできません
怎麼也辦不到

説　明

「なかなかできません」和「どうしてもできません」雖然都是辦不到的意思，但是「なかなかできません」帶有一點勉強，只是表示有點難度，還是有可能辦到。但是「どうしてもできません」則是表示已經盡了最大的努力，還是辦不到。兩者的分別如下：

「なかなかできません」：有一點勉強，但還是有點希望。

「どうしてもできません」：已經盡了最大的努力，不可能辦到。

「なかなかできません」的用法

例　句

A 先週(せんしゅう)の外国人(がいこくじん)パーティー、どうだった。

上星期的外國人派對如何呢？

B 初めての参加だったので、すごく緊張してたし、なかなか話しかけることができなかったけど、だんだん会話ができてきて、すごくうれしかった。

因為是第一次參加，所以很緊張，不太能夠和別人攀談，後來漸漸能和別人搭上話，真的很開心。

➩ このプログラムがなかなかできません。

那個程式不太寫得出來。

➩ 更新がなかなかできません。

沒有什麼機會更新。

「どうしてもできません」的用法

例　句

A どうしたの。

怎麼了？

B ケータイの調子がおかしくて、メールの送信がどうしてもできない。

手機怪怪的，不管怎麼試都沒辦法發簡訊出去。

➩ 禁煙がどうしてもできません。

說什麼都沒辦法戒菸。

➩ 整理整頓がどうしてもできません。

說什麼都沒辦法整理好環境。

track 020

私（わたし）にとって

對我來說

私達学生（わたしたちがくせい）に対（たい）して

對於我們學生們

說　明

「にとって」和「に対（たい）して」的分別如下：

「～にとって」：站在～的立場來說。
「～に対（たい）して」：對著～、對於～。

「～にとって」的用法

➩ それは子供（こども）にとって良（よ）いことだ。
那對孩子來說是好事。

➩ 私（わたし）にとって一番大切（いちばんたいせつ）なのは仕事（しごと）なんだ。
對我來說最重要的就是工作。

➩ 彼（かれ）にとって、それはどうでも良（よ）い問題（もんだい）だ。
對他來說，那件事隨便怎樣都行。

「～に対して」的用法

➪ 私の質問に対して何も答えてくれなかった。

對於我的問題，沒有任何的回答。

➪ 彼女は後輩に対しては親切に指導してくれる。

她對晚輩給予親切的指導。

➪ 彼に対しての取調べが行われています。

正對他展開調查。

• track 021

歌がうまいです

（歌：うた）

歌唱得好

性格がいいです

（性格：せいかく）

個性很好

說明

「うまい」和「いい」雖然都是好的意思。但是在用法上有所區別。「うまい」是用在表示「高明」「巧妙」，所以通常是用在技巧、技術上。而「いい」則是表示「優良」「好」的意思，所以通常是用在個性、態度等天生具備的事物上。兩者的分別如下：

「うまい」：用在表示需要技巧的事物。如：技術、手腕。

「いい」：用在表示天生具備的特質。如：個性、頭腦。

「うまい」的用法

例句

A 先日（せんじつ）、ミスチルのライブに行（い）ってきた。

我前幾天去了小孩先生的演唱會。

B そう、どうだった？

是嗎，你覺得怎麼樣？

A やっぱり最高。CDより、生のほうがうまい。
果然很棒，現場演唱比CD還好聽。

➪ あの子は字がうまい。
那個孩子的字寫得很好看。

➪ 彼はいつもうまいことを言う。
他總是說些好聽的話。

➪ 家事をうまくさばく腕がある。
很會做家事。

➪ 入試がうまくいくといいと思う。
要是入學考試能考得順利就好了。

「いい」的用法

例 句

A 関口さんはどんな人ですか。
關口先生是怎麼樣的人呢？

B いつもにこにこしていて、性格がいい人です。
總是帶著微笑，是個性很好的人。

➪ 彼は頭が良くて成績がいいです。
他的頭腦很好績也很優秀。

➪ あの選手(せんしゅ)は体格(たいかく)がいいです。

那個選手的體格很好。

➪ 彼女(かのじょ)は性格(せいかく)がいいと言(い)われています。

她總是被稱讚個性很好。

➪ 度胸(どきょう)がいい。

有膽量。

➪ あの人(ひと)は頭がいいです。

那個人的頭腦很好。

➪ いちごとりんごとどちらがいいですか。

草莓和蘋果，哪一個比較好？

➪ 名前(なまえ)を書(か)いたほうがいいです。

最好寫上名字。

• track 022

センスがいい

有品味

いい感(かん)じ

感覺不錯

說 明

「センスがいい」：用來稱讚人、事、物很有品味。
「いい感(かん)じ」：表示事物給人的感覺不錯，或是進展順利的意思。

「センスがいい」的用法

例 句

A このかばんきれい。さすが幸(さち)ちゃん、センスがいいね。
這個包包好漂亮喔。真不愧是小幸，真有品味。

B そんなことないよ。かなちゃんにぜんぜんかなわないよ。
才沒有那，我完全比不上加奈你。

➪ 彼(かれ)はいつもファッションセンスがいいなと思(おも)われている。
我一直覺得他很有時尚品味。

➩ センスのいい人は、なにも努力しないでセンスがいいのではなく、沢山の物をみたり『試行錯誤』しています。

有品味的人並不是沒做過任何努力，而是經過多次嘗試錯誤而來的。

「いい感じ」的用法

➩ ギャラリーはとてもいい感じな空間。

展覽室是個感覺不錯的空間。

➩ 今日は、いい感じの仕事日和です。

今天感覺是適合工作的好日子。

➩ 近藤選手はここ数試合いい感じです。

近藤選手最近的狀況感覺不錯。

track 023

大丈夫(だいじょうぶ)

沒關係

関係(かんけい)ない

沒有關聯

説 明

「大丈夫(だいじょうぶ)」和「関係(かんけい)ない」都是沒關係的意思，但是「大丈夫(だいじょうぶ)」是用在當對方向自己道謝或是道歉的場合。而「関係(かんけい)ない」則是「與～沒有關係」的意思，和「大丈夫(だいじょうぶ)」的用法完全不同。

「大丈夫(だいじょうぶ)」：「沒關係」「別在意」的意思。用在當對方道謝或道歉時。也可用來表示「沒問題」。

「関係(かんけい)ない」：「沒有任何關聯」的意思。

「大丈夫(だいじょうぶ)」的用法

例 句

A 返事(へんじ)が遅(おく)れて失礼(しつれい)しました。

抱歉我太晚給你回音了。

B 大丈夫(だいじょうぶ)です。気(き)にしないでください。

沒關係，不用在意。

例句

A あら、もう こんな時間(じかん)。

啊，已經這麼晚了。

B 大丈夫(だいじょうぶ)、今(いま)から行(い)けば間(ま)に合(あ)う。

沒關係，現在出發也還來得及。

➪ 大丈夫(だいじょうぶ)、きっとうまく行(い)く。

沒問題，一定會順利的。

「関係(かんけい)ない」的用法

例句

A 昨日(きのう)、一緒(いっしょ)に歩(ある)いていた男(おとこ)は誰(だれ)？

昨天和你走在一起的男的是誰。

B 徹(とおる)とは関係(かんけい)ない。ほうっといて。

和小徹你沒關係，別管我。

例句

A この仕事(しごと)は四十代(よんじゅうだい)にもできますか？

四十多歲的人也可以做這個工作嗎？

B 歳(とし)なんて関係(かんけい)ないですよ。

這和年紀沒有關係。

➩ そんなの全然(ぜんぜん)関係(かんけい)ない。

和那完全沒有關係。／那完全不成問題。

➩ 転職(てんしょく)に経歴(けいれき)は関係(かんけい)ない。

轉職和經驗完全無關。

➩ 顔(かお)は関係(かんけい)ない。

長相不是問題。

➩ 僕(ぼく)には関係(かんけい)ない。

和我無關。

➩ 全(まった)く関係(かんけい)ないよ。

完全沒任何關係啦！

➩ あなたには関係(かんけい)ないことです。

是和你無關的事。

track 024

風が強い

風很大

大きい雨粒

大粒的雨珠

說明

在中文裡，形容雨勢、風勢，還有形容雨珠、事物都是用「大」這個字。但是在日文中，則不能用「大きい」來形容雨勢、陽光、風勢…等自然現象。當形容自然現象時，是要用「強い」或「激しい」等形容詞。「大きい」則是用來形容個別事物的大小或是程度、規模。

「強い」：形容雨勢、風勢等自然現象或抽象的事態。
「大きい」：形容個別事物的大小或是程度、規模。

「強い」的用法

例句

A 今日、紫外線が強いから日焼け止めベタベタに塗りまくって来ちゃった。
因為今天紫外線很強，所以我塗了很厚的防晒乳以後才來的。

B でもさ、今日風が強いから割と平気じゃない。
可是，今天風很大，所以應該沒關係吧。

A えっ、ひょっとして、あなたは風が紫外線を吹き飛ばしてるとかよもや思ってはいないだろうね。
咦？你該不會是以為風可以把紫外線吹走吧？

➩ 日差しが強いです
太陽光很強。

➩ 強い日差しが照りつける真昼間のステージに登場しました。
在受到正午強烈日照時的舞台登場了。

➩ 今日風が強いですね。
今天的風也很大呢。

「大きい」的用法

例　句

A 大きい仕事の依頼が来たんだ。やってみない？
有件大案子，你要不要試試？
（用「大きい」形容看不見的抽象事物）

B はい、是非やらせてください。
好的，請務必交給我。

➩ 欲張りな人は大きいほうを選ぶ。

貪心的人都會選大的一邊。

（形容看得見的個體事物）

➩ 損害が大きかった。

損害很大。

（形容看不見的抽象事物）

➩ 火事が大きくなってきた。

火勢擴大了。

（形容看得見的火勢）

・track 025

リビングは広(ひろ)いです

客廳很大

目(め)は大(おお)きいです

眼睛很大

説明

在中文裡，形容空間很寬廣，會說「房間很大」或「客廳很大」…等。但是在日文裡，不會直接用「大(おお)きい」來形容空間，而是會用「広(ひろ)い」。而「大(おお)きい」是用來形容個別事物的大小或是程度、規模。

「広(ひろ)い」：形容空間寬廣。
「大(おお)きい」：形容個別事物的大小或是程度、規模。

「広(ひろ)い」的用法

例句

A お勧(すす)めの物件(ぶっけん)はありませんか。

有沒有什麼推薦的房子呢？

B この家(いえ)はどうですか。部屋(へや)は広(ひろ)いし、事務所(じむじょ)としても利用出来(りようでき)ます。

這間房子如何呢？房間很大，也可以用來當辦公室。

➪ この車は室内が広くてゆったりしている。
這台車裡面的空間很大很舒適。

➪ かなり広い会場が人で埋まっている。
在寬廣的會場裡擠滿了人。

➪ この大学はキャンパスが広いことで有名です。
這間大學以校園廣闊聞名。

「大きい」的用法

例　句

A 村上さんのことが好きになれないなあ。
我實在不太喜歡村上先生。

B どうして？いい人じゃない？
為什麼？他不是個好人嗎？

A でもいつも大きい声で話すのはちょっと…。
可是他講話的聲音總是很大。
（形容聲音用「大きい」）

例　句

A 上の階の田中です。あのう、音楽の音がちょっと大きいんですが、もう少し、小さくしてもらえないでしょうか？
我是樓上的田中。音樂聲有點大，可以請你調小聲一點嗎？

B あっ、すみません。気がつかなくて。すぐ小さくします。

哎呀！對不起，我沒有注意到。我馬上調小聲。

➪ 彼は大きい家に住んでいる。

他住在很大的房子裡。

（形容外觀看起來很大，所以用「大きい」）

➪ 家を大きくする。

把房子擴建。

（形容外觀變大）

track 026

何を考えていますか

在想什麼

どう思います

覺得如何

説　明

不知道對方在想什麼，或是看到別人在若有所思的時候，要問對方在想什麼，要說「何を考えていますか」；而想詢問對方對於某件事物的看法時，則是用「どう思います」來問對方覺得如何。兩者的意思不同，整理如下：

「何を考えていますか」：問對方在想什麼。
「どう思います」：問對方覺得如何、詢問對方意見。

「何を考えていますか」的用法

例　句

A さっきからじっと同じページを見つめていて、何を考えてるんですか？

你從剛剛開始就一直看著同一頁，在想什麼嗎？

B あっ、別に。

啊，沒什麼。

➩ 何(なに)を考(かんが)えているの？

你在想什麼？

➩ 何(なに)を考(かんが)えているのかわからない。

我搞不懂（你）在想什麼。

「どう思(おも)います」的用法

例　句

A 今回(こんかい)の新曲(しんきょく)、どう思(おも)いますか。

這次的新歌，你覺得如何？

B すばらしいの一言(ひとこと)です。

只能說很棒。

➩ みんなはどう思(おも)う。

大家覺得如何呢？

➩ 結婚(けっこん)ってどう思(おも)う。

你覺得結婚怎麼樣呢？

➩ レジ袋(ぶくろ)の有料化(ゆうりょうか)についてどう思(おも)いますか。

關於要購買塑膠袋你覺得怎麼樣呢？

track 027

礼儀正しい（れいぎただ）

彬彬有禮

行儀がいい（ぎょうぎ）

舉止合宜

説　明

日文中的「礼儀（れいぎ）」是「禮貌」「禮儀」的意思；「行儀（ぎょうぎ）」則是「舉止」「禮貌」的意思。「礼儀（れいぎ）」和「行儀（ぎょうぎ）」兩者在意思上並沒有太大的差別，但是使用的形容詞不太相同、一個是用「正しい（ただ）」，一個是用「いい」。近年來也有混用的情形。但是在學習的時候還是先記下最正確的用法。

「礼儀正しい（れいぎただ）」的用法

例　句

A 彼（かれ）のことはどう思（おも）う。

你覺得他這個人怎麼樣？

B 礼儀正（れいぎただ）しい人（ひと）だと思（おも）うよ。

我覺得他是個彬彬有禮的人。

➪ あの子（こ）は礼儀正（れいぎただ）しくお礼（れい）を述（の）べた。

那個孩子彬彬有禮地道了謝。

➪ アメリカではそういう会話をする方が礼儀正しいとみなされています。

在美國，那樣的對話方式被認為是有禮貌的。

➪ 彼は性格はとっても真面目で礼儀正しいです。

他的個性非常認真而且彬彬有禮。

「行儀がいい」的用法

➪ 子供たちは行儀よく並んでいる。

小朋友們很規矩的排好隊。

➪ 電車の中で大きい声で話すのは、あまり行儀のいいものではない。

在電車裡面大聲說話，並不是有禮貌的事。

➪ 行儀よくしなさい。

舉止要端莊有禮貌。

➪ 日本人はよく行儀がいいといわれます。

日本人常常被認為很有禮貌。

track 028

ゲームをします

玩遊戲

試合(しあい)があります

有比賽

說　明

在英文裡，「比賽」和「遊戲」都稱為「game」。但是在日文裡的「ゲーム」通常是指比較不正式的遊戲，像是電動、線上遊戲、小朋友的遊戲…等。若是正式的比賽，如職棒、職業足球、國際比賽…等，就會用「試合(しあい)」來表示。

「ゲーム」：指娛樂性較高的遊戲。通常會話中說的「ゲーム」則是指「電玩」。動詞是用「します」。
「試合(しあい)」：指正式會分出勝負的比賽。動詞是用「あります」。

「ゲーム」的用法

例　句

A 夏休(なつやす)みだからといって、ゲームばっかりしないでちょうだい。

就算是暑假，也不要整天都在玩電玩。

B 今日の分もう勉強したから、安心して。

今天的份已經都念完了，你放心。

➩ 最近は、平日は目一杯仕事をして、休日はゲームをしてばっかりだ。

最近平常日都很努力在工作，放假時就都在打電玩。

➩ ネットゲームをしている間に大声をあげて、家族に注意されました。

玩線上遊戲時聲音太大，被家人警告了。

「試合」的用法

例句

A 明日試合があるから、早く寝ないと。

明天有比賽，要早點睡才行。

B あ、もうこんな時間だ。じゃ、おやすみ。

啊，都已經這麼晚了。那，晚安。

➩ 今日、体育でバスケの試合があってビブスを着なきゃいけなかったんだよ。

今天體育課有籃球比賽，一定要穿隊服才行。

➩ 今日、練習試合があって、負けてしまいました。

今天的練習賽輸了。

track 029

お腹がすきました
肚子餓了

お腹ぺこぺこ
肚子餓了（小孩說法）

お腹が減りました
肚子餓了（男性說法）

說明

「お腹がすきました」「お腹ぺこぺこ」「お腹が減りました」雖然都是肚子餓的意思，但是依照身分的不同，有不同的講法。整理如下：

「お腹がすきました」：一般的正式說法。
「お腹ぺこぺこ」：小朋友的說法，有時女生裝可愛也可以用。
「お腹が減りました」：比較粗俗一點，通常是男性在使用。

「お腹がすきました」的用法

例句

A お腹がすいた。何を食べましょうかね。
肚子餓了，要吃什麼呢？

B 日本料理はどう？

吃日本料理如何？

➪ お腹がすいてフラフラになります。

餓得頭昏眼花四肢無力。

➪ お腹がすいたのにお店が見つからず。

肚子很餓卻找不到餐廳。

➪ お腹すいてないのにケーキを食べてしまった。

明明肚子不餓卻吃了蛋糕。

「お腹ぺこぺこ」的用法

例句

A おかあちゃん、ご飯はまだ。

媽媽，飯還沒好嗎？

（說話的是小孩）

B 今ね、味噌汁を出すからもうちょっと待っててね。

味噌湯快煮好了，再等一下喔。

A わぁ、いい匂い。お腹ぺこぺこ。

哇，好香喔，肚子好餓喔。

➪ もぉ~お腹ぺこぺこです。おいしいものが食べたいな。

肚子好餓喔，想吃好吃的東西。

➪ お昼過ぎに仙台市内に着いた。もうお腹ぺこぺこだ。
到了仙台市內時已經過中午了，肚子很餓。

「お腹が減りました」的用法

例　句

Ⓐ あぁ、お腹が減った。何か食べ物がある。
啊，肚子好餓喔。有什麼吃的嗎？
（說話者為男性）

Ⓑ 今、探してみるから待ってて。
我現在正在找，再等一下。

例　句

Ⓐ お腹が減りました。
肚子餓了。

Ⓑ 食事なら先ほど出したはずですが。
剛剛不是吃過了嗎？

Ⓐ あんなものでは足りませんよ。
那一點才不夠呢！

➪ お腹が減ると胃が痛くなる。
肚子餓的時候就會胃痛。

➪ この時間になると、お腹が減ってきますね。
每當到了這個時間肚子就餓了。

• track 030

いらっしゃいます
來（尊敬語）

まいります
來（謙讓語）

說明

「いらっしゃいます」：「來」「去」的意思。用來表示對方的動作，所以是屬於「尊敬語」的用法。

「まいります」：「來」或「去」的意思。用來表示自己的動作，屬於「謙讓語」。

「いらっしゃいます」的用法

例句

A アメリカにいらっしゃった事(こと)がありますか。
請問您有去過美國嗎？

B いいえ、行(い)った事(こと)がありません。
不，沒有去過。

例句

A いつ、日本(にほん)にいらっしゃいましたか。
什麼時候到日本來的呢？

B 先週(せんしゅう)の土曜日(どようび)です。
上星期六。

➪ いらっしゃるまでお待ちしております。

我會等您到來。

➪ もしよかったら、私の家へ遊びにいらっしゃいませんか。

方便的話，要不要到我家來玩？

➪ 田中先生がいらっしゃいました。

田中先生到了。

「まいります」的用法

例　句

A 台湾からまいりました、チャンと申します。よろしくお願いいたします。

我是從台灣來的，敝姓張。請多多指教。

B 田中と言います。よろしくお願いいたします。

我叫田中，請多指教。

➪ 私が自分でまいります。

我會自己過去。

➪ 7時頃まいる予定ですがよろしいでしょうか。

我預計7點去拜訪，方便嗎？

➪ 家族帯同でまいるつもりです。

我想要帶著家人一起前往。

track 031

薬(くすり)を飲(の)みます

吃藥

パンを食(た)べます

吃麵包

說　明

在中文裡，吃藥和吃飯都會用「吃」這個字。但是在日文裡，藥是用「飲(の)みます」這個單字。在日文裡的「飲(の)みます」，除了用在喝流質物體外，「吞」的動作也可以用「飲(の)みます」來表示。

「飲(の)みます」：喝流質、吞下的動作。
「食(た)べます」：吃的動作。

「飲(の)みます」的用法

例　句

A 薬(くすり)を飲(の)みたくないなぁ。

我不想吃藥。

B お薬(くすり)を飲(の)まなきゃよ、飲(の)んだらジュースを飲(の)んでいいよ。

不能不吃。先吃藥之後就讓你喝果汁。

➪ 薬(くすり)を飲(の)んでゆっくり休(やす)んでください。
喝了藥之後請好好休息。

➪ 睡眠薬(すいみんやく)を飲(の)んでも眠(ねむ)れません。
吃了安眠藥也睡不著。

➪ 薬(くすり)を飲(の)んだ直後(ちょくご)に吐(は)いてしまった
吃了藥後馬上就吐出來。

➪ スープを飲(の)む。
喝湯。

➪ コーヒーを飲(の)む。
喝咖啡。

➪ 飲(の)みに行(い)きましょうか。
要不要去喝一杯？

➪ 胃(い)カメラを飲(の)む。
吞胃鏡。

「食(た)べます」的用法

例　句

A このパン、食べていい？
我可以吃這個麵包嗎？

B だめ！
絕對不可以！

例句

A ベトナム料理(りょうり)を食(た)べたことがありますか。

你有吃過越南食物嗎？

B いいえ、食(た)べたことがありません。

沒有，我沒有吃過。

➩ ご飯(はん)を食(た)べに行(い)きませんか？

要不要去吃飯？

➩ 野菜(やさい)をたくさん食(た)べてください。

請多吃點蔬菜。

➩ こんなにたくさんの料理(りょうり)は食(た)べきれない。

這麼多菜吃不完。

➩ 一日中(いちにちじゅう)何(なに)も食(た)べなかった。

一整天都沒吃東西。

track 032

ニュースを見(み)ます
看新聞

新聞(しんぶん)を読(よ)みます
讀報紙

説 明

日語中的「新聞(しんぶん)」是「報紙」的意思，報紙上的報導則是「記事(きじ)」；我們平時說的「新聞」在日文中是用「ニュース」表示。因此新聞節目是「ニュース番組(ばんぐみ)」或是「報道番組(ほうどうばんぐみ)」。

「新聞(しんぶん)」：報紙。
「ニュース」：新聞報導、一則一則的新聞、消息。

「ニュース」的用法

例 句

A お帰(かえ)りなさい、今日(きょう)はどうだった？
歡迎回來。今天過得如何？

B 今日(きょう)は散々(さんざん)だったよ、いいニュースと悪(わる)いニュースがあるけど、どっちから聞(き)きたい？
今天發生了很多事呢！有好消息和壞消息，你想先聽哪一個？

➪ 夕方実家に帰りニュースを見ると、都心部で 39 度を記録したと言っていた。

傍晚回到家裡，看了新聞，新聞上說東京市中心創下了39度的高溫紀錄。

➪ 昨日のニュースによると、山火事による死者は173名ということでした。

根據昨天的新聞，森林火災有173名死者。

➪ 今朝のニュースによると、雨は夜更けに雪へと変わるだろうとの予報。

根據今早的新聞，過了晚上後雨勢就會變成下雪。

「新聞」的用法

例句

A 新聞を読んでいますか？

你平時有在讀報紙嗎？

B 読んでいますね。主に文化欄。あの辺りが好きなんです。

有的，主要是讀副刊。我喜歡類似的主題。

➪ 仕事上、新聞を読んでいないと話題についていけない。

在工作上，若是不讀報就會跟不上大家的話題。

➪ 15年以上（ねんいじょう）、朝（あさ）の通勤途中（つうきんとちゅう）に電車（でんしゃ）の中（なか）で日経新聞（にっけいしんぶん）を読（よ）んでます。

超過15年，都會在早上上班途中在電車中讀日經新聞報紙。

➪ 毎日新聞（まいにちしんぶん）を欠（か）かさず読（よ）んでいます。

每天都有閱讀報紙。

➪ 新聞（しんぶん）を読（よ）む時間（じかん）がない。

沒時間看報紙。

➪ 親子（おやこ）で新聞（しんぶん）を読（よ）む。

親子一起看報紙。

track 033

スープを飲(の)みます

喝湯

お湯(ゆ)に浸(つ)かります

泡澡

說 明

日文中的「お湯(ゆ)」是指「溫泉」、「洗澡水」的意思。而吃飯所喝的湯則是「スープ」或是「汁(しる)」。

「スープ」的用法

例 句

A 何(なに)がいいかな。
點什麼好呢？

B カレーが食(た)べたいわ。
我想吃咖哩飯。

A うん、いいな。これにしよう。
嗯，好啊，就吃那個。

B あと、コーンスープはどう？
還有，喝玉米湯如何？

例 句

A 今日(きょう)のお勧めは何(なん)ですか。

今天有什麼推薦的嗎？

B ええと、明太子(めんたいこ)パスタ、特製(とくせい)ハンバーグと野菜(やさい)スープです。

嗯…，明太子義大利麵、特製漢堡排和蔬菜湯。

A じゃ、特製(とくせい)ハンバーグ一(ひと)つください。

那麼，請給我一份特製漢堡排。

➪ 鳥(とり)ガラでスープを作(つく)った。

用雞骨頭熬湯。

「お湯(ゆ)」的用法

例 句

A お湯加減(ゆかげん)はどうだったでしょうか。

洗澡水的熱度怎麼樣？

（溫泉或澡堂的老闆問客人）

B 丁度(ちょうど)よかったよ。ありがとうね。

剛剛好。謝謝喔！

➪ 露天風呂(ろてんぶろ)の外(そと)は寒(さむ)いのだが、お湯(ゆ)の中(なか)は天国(てんごく)。

雖然露天溫泉的外面很冷，但在溫泉裡面則像天堂一樣。

➩ お湯に入るのは温まるし気持ちがいいです。

泡澡既可以溫熱身體，感覺又很舒服。

➩ 温かいお湯につかると、血管が広がり、血液が全身を勢いよく循環します。

泡了熱水澡後，血管會擴張，全身的血液會順暢地循環。

track 034

私は田中と申します

敝姓田中

私は田中と言います

我叫田中

田中です

我是田中

說　明

「～と申します」「～と言います」「～です」都是自我介紹時使用的句子。但是禮貌的程度不同。分別如下：

「～と申します」：最有禮貌的方式。通常是對長輩或較正式的場合用。

「～と言います」：一般場合使用。

「～です」：較輕鬆的場合，或是當自己地位較高時使用。

「～と申します」的用法

例　句

A もしもし、上田ですが。

（電話中）喂，這裡是上田家。

B もしもし、田中(たなか)と申(もう)しますが。上田先生(うえだせんせい)はいらっしゃいますか。

喂，敝姓田中。請問上田老師在嗎？

例 句

A はじめまして、山本(やまもと)と申(もう)します。どうぞよろしくお願(ねが)いします。

初次見面，敝姓山本，請多指教。

B こちらこそ、よろしくお願(ねが)いします。

我也是，請多多指教。

「～と言(い)います」的用法

例 句

A 私(わたし)は山本(やまもと)りなと言(い)います。よろしくお願(ねが)いします。

我叫山本麗奈。請多指教。

B 戸田(とだ)かなと言(い)います。現在(げんざい)、教育大学(きょういくだいがく)の三年生(さんねんせい)です。よろしくお願(ねが)いします。

我叫戸田加奈，現在是教育大學三年級學生。請多指教。

「～です」的用法

例 句

A 松本(まつもと)さん、こちらは教育大学(きょういくだいがく)の山本先生(やまもとせんせい)です。

松本先生，這位是教育大學的山本老師。

B はじめまして、田中（たなか）です。どうぞよろしくお願（ねが）いします。

你好，我是田中，請多指教。

例句

A お名前（なまえ）は何（なん）ですか。

你叫什麼名字呢？

B 田中祐樹（たなかゆうき）です。

我叫田中祐樹。

• track 035

学校(がっこう)を休(やす)みます

向學校請假

学校(がっこう)をやめます

休學

說　明

「休(やす)みます」是「休息」的意思，但是「学校(がっこう)を休(やす)みます」「会社(かいしゃ)を休(やす)みます」的用法，是表示向公司或學校請假。而「やめます」則是「辭去某樣事情」的意思，所以「学校(がっこう)をやめます」就是休學的意思。

「休(やす)みます」：「休息」、「請假」之意。
「やめます」：「辭去」之意。

「休(やす)みます」的用法

例　句

A 今日(きょう)はいい天気(てんき)だね。
今天真是好天氣。

B そうだね。会社(かいしゃ)を休(やす)んで遊(あそ)びたいなあ。
就是說啊，直想要請假出去玩。

例 句

A 昨日はどうして会社を休んだんだ？
昨天為什麼沒有來上班呢？

B すみません。急に用事ができて実家に帰ったんです。
對不起，因為突然有點急事所以我回老家去了。

➩ 風邪を引いたので、今日の授業を休ませていただきたいのですが。
因為感冒了，所以今天的課我可以請假嗎？

「やめます」的用法

例 句

A この仕事をやめます！
我決定要辭職了。

B こんな不況なのに、冗談でしょう？
這麼不景氣，你不是當真的吧？

例 句

A わたし、大学をやめる。
我想從大學退學。

B 好きにしなさいよ、あたしはもう知らないわ。
隨你便。我不想管你了。

➪ 彼女は数年前に大学の教師をやめた。

她在幾年前辭掉了大學老師的工作。

➪ あの子は成績が悪いので学校をやめさせられた。

那個孩子因為成績太差，所以被迫休學了。

➪ 今の仕事をやめて新しい道に進んだ。

辭去現有的工作，往新的道路前進。

➪ 結婚するので仕事をやめて専業主婦になります。

因為要結婚了，所以要辭掉工作當專業主婦。

➪ 最近仕事をやめて自分の店をやっている。

最近辭了工作，經營自己的店。

track 036

関心(かんしん)を持(も)っています

有興趣／關切

気(き)を配(くば)ります

注意／留神

説　明

「関心(かんしん)を持(も)っています」是關切、有興趣的意思，表示對某件事很有興趣，所以會加以關心、關切。「気(き)を配(くば)ります」則是對人、事付出關懷，或是對某件事多加注意。兩者的分別如下：

「関心(かんしん)」：對某件事有興趣。
「気(き)を配(くば)ります」：基於義務或關懷加以留心注意。

「関心(かんしん)」的用法

➩ 人々(ひとびと)の関心(かんしん)を引(ひ)きます。
引起人們的興趣。

➩ 経済問題(けいざいもんだい)に最(もっと)も関心(かんしん)を払(はら)っています。
最關切經濟問題。

➩ そういうことには一向(いっこう)に関心(かんしん)を持(も)たない。
那種事我一向就沒興趣。

「気を配ります」

➡ お客さんに気を配る。

留心客人的一切。

➡ 他の人の邪魔にならないように気を配っています。

留心自己不要造成別人的困擾。

➡ メンテナンスに気を配って頂いてありがとうございます。

感謝您用心幫我維修。

●track 037

ここはにぎやかです

這裡很熱鬧

ここはうるさいです

這裡很吵

說　明

「にぎやか」：熱鬧。

「うるさい」：吵鬧、聲音很大、噪音。

「にぎやか」的用法

例　句

A ニューヨークはどんなまちですか。

紐約是怎麼樣的城市呢？

B にぎやかできれいなまちです。

是很熱鬧又美麗的城市。

➩ 動画から祭りのにぎやかさが伝わってくる。

透過影片傳達了祭典的熱鬧。

➩ パーティーをにぎやかに盛り上げた。

派對十分熱鬧和熱烈。

「うるさい」的用法

例　句

A 音楽(おんがく)の音(おと)がうるさいです。静(しず)かにしてください。

音樂聲實在是太吵了，請小聲一點。

B すみません。

對不起。

➯ うるさいなあ、放(ほう)っといてくれよ。

真囉嗦，別管我啦！

➯ 隣(となり)の家(いえ)のエアコンの音(おと)がうるさい。

隔壁家的冷氣聲音很吵。

➯ うるさいから勉強(べんきょう)できない。

太吵了沒辦法念書。

track 038

道に迷います（みち・まよ）

迷路

迷っています（まよ）

猶豫不決

說　明

「迷います」有猶豫、迷惘的意思。因此「道に迷います」是迷路的意思。而「迷っています」則是對某事猶豫不決的意思。

「道に迷います」：迷路。
「迷っています」：猶豫不決。

「道に迷います」的用法

例　句

A プリンスホテルに行こうと思うんですが、道に迷ったようで困っています。

我想要去王子飯店，但好像迷路了很困擾。

B わたしもそこに行くところなんです。そこまで案内します。

我正好要去那兒。我帶你去。

➪ 道(みち)に迷(まよ)ったんですがどうやっていけばよいですか。

我迷路了，該怎麼走才好呢？

➪ 道(みち)に迷(まよ)ったことがありますか？

你迷過路嗎？

「迷(まよ)っています」的用法

例　句

A 何(なに)を食(た)べたいですか？

你想吃什麼。

B うん…、迷(まよ)っているんです。

嗯，我正在猶豫。

➪ どれを買(か)おうか迷(まよ)っているんです。

不知道該買哪個。

track 039

友達（ともだち）と会（あ）います

和朋友約好見面

先生（せんせい）に会（あ）います

巧遇老師

説 明

「～と会（あ）います」和「～に会（あ）います」都是碰面的意思。但是嚴格說起來，「～と会（あ）います」是指和對方約好了時間地點碰面。而「～に会（あ）います」則是在路上巧遇，並沒有預期會碰面。兩者的分別如下：

「～と会（あ）います」：約定好碰面，預期會見到對方。
「～に会（あ）います」：恰巧碰到，不期而遇。

「～と会（あ）います」的用法

➪ 北海道（ほっかいどう）でこの家族（かぞく）と会（あ）いました。

在北海道和家人見面。

➪ メル友（とも）と会（あ）った。

和網友見了面。

➪ 十年（じゅうねん）ぶりに友達（ともだち）と会（あ）った。

隔了十年和朋友見了面。

➪ 近く彼女の母親と会うことになりました。
最近要和女朋友的母親見面。

➪ 息子が結婚するのに初めて相手の御両親と会います。
因為兒子要結婚了，所以第一次和對方的父母見面。

「～に合います」的用法

➪ 偶然、駅前で彼に会った。
偶然在車站前和他相遇。

➪ 20年振りに初恋の人に会いました。
和相隔20年不見的初戀情人不期而遇。

➪ 今日昔の友達に会いました。
今天偶遇過去的朋友。

➪ イベントで中学の頃の友達に会った。
在活動中和中學時代的朋友巧遇。

➪ 有名人に会った事がありますか。
有看過名人嗎？

track 040

変わっています
與眾不同／奇怪

変な人です
怪人

說　明

在日文中，要說對方個性有點古怪或是與眾不同時，會說「変わっていますね」。如果直接說對方是「変な人です」，就太直接而且沒禮貌了。

「変わっています」：說人或事有點與眾不同，和別人不太一樣。
「変な～です」：奇怪、不尋常、古怪。

「変わっています」的用法

例　句

A 見て、あの人は変わってるなぁ。
你看，那個人好奇怪喔！

B 本当だ。変な人だね。
真的耶，是個怪人。

➩ よく人から変わっているねといわれます。

常被別人說自己有點怪。

➩ ずいぶん変わった人だね。

真是個奇怪的人呢。

➩ 何か変わったことはなかった。

有什麼不對勁嗎？

「変な～です」

例　句

Ⓐ 藤原さんは怒りっぽく短気で、小さいことを気にします。

藤原先生愛生氣又沒耐性，一點小事都會介意。

Ⓑ だから友達が少ないですね。

所以他朋友很少啊！

Ⓐ あんな変な性格は誰も耐えられないですよ。

這種怪個性，誰都受不了。

例　句

Ⓐ あれ、雨が降ってきた。

啊，下雨了。

Ⓑ 今日は晴れたかと思えば曇って雨が降ったりで変な天気ですね。

今天本來以為會是晴天，結果卻轉陰又下雨，真是奇怪的天氣。

➪ この牛乳(ぎゅうにゅう)は味(あじ)がちょっと変(へん)だ。
這個牛奶的味道有點奇怪。

➪ 変(へん)な男(おとこ)があたりをうろついている。
有個怪男人在附近遊晃。

➪ あれ、変(へん)なにおいがする。
咦，有奇怪的味道。

• track 041

駅まで迎えに行きます

到車站去迎接

駅で見送ります

在車站送行

說　明

「迎えに行きます」：迎接。
「見送ります」：送行。

「迎える」的用法

例　句

A もしもし、今駅についたんだけど。
（電話中）喂，我現在到車站了。

B なら今迎えに行く。
那我去接你。

➪ 私はまだ道を知らないので、迎えをよこしてください。
我還不知道路怎麼走，請來接我。

「見送る」的用法

➩ 離陸(りりく)した飛行機(ひこうき)を見送(みおく)る。

目送飛機離陸。

➩ 駅(えき)で彼女(かのじょ)を見送(みおく)る。

在車站為女友送行。

➩ その辺(へん)までお見送(みおく)りしましょう。

讓我送你到那附近吧。

➩ 朝(あさ)、旦那(だんな)さんを見送(みおく)っています。

早上都會送老公出門。

•track 042

持っていきます
帶（物品）去

連れて行きます
帶（人）去

說 明

「持っていきます」和「連れて行きます」都是「帶去」的意思，但「持っていきます」是帶東西的時候使用。「連れて行きます」則是帶人或動物同行的時候用。兩者的分別如下：

「持ちます」：拿「東西」。
「連れます」：帶「人」、「動物」。

「持ちます」的用法

例 句

A 午後の天気が荒れるそうだね。昨日の天気予報がそう言っていた。
聽說下午會變天。昨天氣象預報這麼說。

B しまった。今日傘を持ってきていない。
糟了，我今天沒帶傘。

例句

A ちょっと、手(て)を貸(か)して。

你能幫我一個忙嗎？

B うん、何(なに)？

好啊，什麼事？

A これ、重(おも)いから、持(も)ってくれない？

這有點重，可以幫我拿嗎？

➪ お弁当(べんとう)を持(も)ってきます。

我有帶便當。

「連(つ)れます」的用法

例句

A 今日(きょう)はどこにも連(つ)れていけなくてごめんね。

今天哪兒都沒能帶你去，對不起。

B 大丈夫(だいじょうぶ)だよ、気(き)にしないで。

沒關係啦！別在意！

➪ 病院(びょういん)へ連(つ)れて行(い)っていただけますか？

可以帶我到醫院嗎？

➪ 私(わたし)も連(つ)れて行(い)ってください。

請帶我一起去。

➪ 彼女はたくさんのお供を連れていた。

她帶了很多的隨行人員。

➪ この店にペットを連れて入っても大丈夫です。

這家店可以帶寵物進入。

（動物也是用「連れます」）

➪ 犬を連れて一緒に出かけます。

帶著狗一起出門。

➪ ペットを連れてのご入園は出来ません。

無法帶寵物入園。

➪ ペットを日本に連れて帰る。

帶著寵物回日本。

track 043

ふざけんな

別開玩笑了

いい加減（かげん）にしろ

適合而止

說　明

「ふざけんな」和「いい加減（かげん）にしろ」都是叫對方別鬧了、別開玩笑了的意思。兩者的警告意味都很強烈。

「ふざけんな」：「別開玩笑了」、「開什麼玩笑」的意思。
「いい加減（かげん）にしろ」：「適可而止」、「別鬧了」的意思。帶有勸告的意思。

「ふざけんな」的用法

例　句

A ごはんできたよ。
吃飯囉。

B からっ。これは食（た）べ物（もの）か！ふざけんな！
好辣！這是食物嗎？少開玩笑了！

➪ ふざけないでまじめに考（かんが）えてくれ。
別開玩笑了認真地給我想想。

「いい加減（かげん）にしろ」的用法

例句

A もっと食（た）べたいなあ。
好想再多吃一些喔！

B いい加減（かげん）にしなさい！食（た）べ過（す）ぎだよ。
適可而止吧！你已經吃太多了。

➪ もういい加減（かげん）にしろよ。
夠了！適可而止！

➪ 冗談（じょうだん）もいい加減（かげん）にしろ。
適可而止別再開玩笑了。

➪ いたずらはもういい加減（かげん）にしなさい。
夠了別再開玩笑了。

track 044

すっぽかします
爽約／放下不管

サボります
偷懶／缺席

說　明

「すっぽかします」和「サボります」都是不經告知就擅自缺席的意思。兩者的分別是「すっぽかします」帶有放人鴿子、爽約、放下不管的意思，而「サボります」則是單純的缺席。

「すっぽかします」：放鴿子、爽約、放下不管。
「サボります」：蹺課、擅自缺席、偷懶。

「すっぽかします」的用法

➩ 黙（だま）ってすっぽかすなんて君（きみ）らしくもない。
悄悄地放下一切不管的作法，不像是你。

➩ 約束（やくそく）をすっぽかした。
放人鴿子。

➩ 彼女（かのじょ）にすっぽかされた。
被她放鴿子。

「サボります」的用法

例句

A 今日(きょう)も暑(あつ)いね。

今天也好熱喔！

B そうなんだよ。体育(たいいく)の授業(じゅぎょう)をサボりたいなぁ。

對啊，好想要蹺體育課喔！

➪ ちょっと料理(りょうり)をサボりたい時(とき)はお弁当(べんとう)を買(か)います。

偷懶不想做菜的時候，就會買便當。

➪ ここ最近(さいきん)は、寒(さむ)くて練習(れんしゅう)をサボっている。

最近因為很冷所以偷懶都沒去練習。

➪ 今日(きょう)の授業(じゅぎょう)をサボった。

今天蹺課了。

track 045

財布を落とします

皮夾不見了

財布が落ちます

皮夾掉了

說　明

在中文裡面，皮夾不見了也會用「皮夾掉了」的說法。在日文中也是一樣，但是不同的是，日文裡面是用「他動詞」來表示皮夾不見了。如果是單純指皮夾掉在地上的狀態，則是用「自動詞」。「財布を落とします」是他動詞。皮夾被弄不見了，指遺失皮夾的情況。「財布が落ちます」是自動詞。指皮夾掉在地上的狀態。

「落とします」：他動詞，被弄掉。
「落ちます」：自動詞，掉在地上。

「落とします」的用法

例　句

A 電車の中で、財布を落としました。
皮夾掉在電車裡了。

B どんな財布ですか。
是什麼樣的皮夾呢？

➪ 来る途中で落としたに違いない。

一定是在來的路上遺失的。

➪ コップを床に落とした。

不小心把杯子丟到地上。

「落ちます」的用法

A 浅香ちゃん、財布が落ちましたよ。

淺香，你的皮夾掉在地上了喔。

B あっ、ありがとう。

啊，謝謝。

例　句

A 幸一、財布が落ちたよ。

幸一，你的皮夾掉在地上了喔。

B ありがとう。あれ、これ、私の財布じゃないけど。

謝謝。咦，這不是我的皮夾。

➪ 屋上から何か落ちてきた。

從屋頂上掉了什麼東西下來。

➪ ヘリコプターが海に落ちた。

直昇機掉到海裡。

➪ 穴に落ちた。

掉到洞裡。

➪ 日が落ちた。
太陽下山了。

➪ 道ばたに落ちていた。
掉在路邊。

➪ 170フィートもの断崖絶壁から落ちた。
從170英呎高的峭壁上掉下來。

➪ 雨がポツリ、ポツリと落ちてきた。
雨滴滴答答地落了下來。

track 046

ごみを出します

倒垃圾

物を捨てます

丟東西

說 明

「出します」是把東西交出來的意思。在日文裡，把垃圾丟到垃圾桶的動作是用「捨てます」，但是把垃圾拿到垃圾集中場丟，則是用「出します」。

「出します」：交出、拿出。
「捨てます」：丟棄。

「出します」的用法

例 句

A 小林さん、ごみの出し方に気をつけて。

小林先生，請你注意倒垃圾的規則。

B 今出したところですが、違っていましたか。

我才剛倒完垃圾，什麼地方搞錯了嗎？

➩ 財布を出します。

拿出皮夾。（出錢）

➪ 冷蔵庫(れいぞうこ)からジュースを出(だ)します。

從冰箱裡把果汁拿出來。

「捨(す)てます」的用法

例　句

A 日本(にほん)では物(もの)を捨(す)てるのは大変(たいへん)ですね。

在日本要丟東西真是麻煩呢！

B そうなんですよ。粗大(そだい)ごみを捨(す)てるときにお金(かね)も払(はら)わないと。

就是說啊。要丟巨大垃圾的話，還要付錢。

➪ 不用品(ふようひん)を捨(す)てます。

把用不著的東西丟掉。

➪ バケツの水(みず)を捨(す)てます。

把水桶裡的水倒掉。

➪ 最後(さいご)まで希望(きぼう)を捨(す)てない。

到最後都不要放棄希望。

声が遠いです

聲音很小

声が小さいです

音量很小

說 明

在講電話時，聽不清對方說話，是用「声が遠いです」。而指對方說話的音量小，則是用「声が小さいです」。

「声が遠いです」：講電話時覺得對方聲音聽不清楚。
「声が小さいです」：直接說音量很小。

「声が遠いです」的用法

例 句

Ⓐ もしもし、田中さんですか？
（電話中）喂，請問是田中先生嗎？

Ⓑ すみません、少しお電話が遠いようですが。
不好意思，我有點不清楚。

➯ お声が遠いようですので、もう一度お願いします。
（電話中）因為聲音很小聲，請再說一次。

➩ 申し訳ございません、少々お声が遠いようですが。
（電話中）很抱歉，聲音有一點小聲。

➩ 申し訳ございません、電話が少々遠いようです。もう一度、お聞かせいただけますか。
（電話中）不好意思，聲音有點小聲，可以再說一次嗎？

「声が小さいです」的用法

例 句

Ⓐ あの、…。
那個…。

Ⓑ えっ。声が小さくて聞こえない。大きい声で言いなさいよ。
什麼？聲音太小了聽不清楚。大聲的說出來啊。

➩ 彼女の声が小さくていらいらする。
她的聲音太小了，讓人心煩氣躁。

➩ 先生の声が小さくて聞こえないことがよくあり、困っています。
老師的聲音太小了常聽不清楚，很讓人困擾。

➩ 上司に声が小さくて聞こえないと言われてしまった。
我常被主管說聲音太小聽不清楚。

track 048

聞(き)こえます
自然地聽見

聞(き)けます
能刻意地聽到

說　明

「聞(き)こえます」和「聞(き)けます」都是「聽得到」的意思。但是兩者還是有所區別，「聞(き)こえます」是指自然進入耳朵裡可以聽到；「聞(き)けます」則是指刻意想聽而聽到的。兩者的區別整理如下：

「聞(き)こえます」：自然聽到，沒有刻意聽就進入耳中。
「聞(き)けます」：刻意去聽，才聽到的。

「聞(き)こえます」的用法

例　句

A もしもし、聞(き)こえますか？
喂，聽得到嗎？

B ええ、どなたですか？
嗯，聽得到。請問是哪位？

➪ サイレンが聞こえます。

聽得見警笛聲。

➪ 彼が笑っているのが聞こえます。

可以聽到他在笑。

➪ 波の音が聞こえます。

可以聽到海浪的聲音。

➪ 目が覚めるとみんなの笑い声が聞こえてくる。

醒了之後可以聽到大家的笑聲。

「聞けます」的用法

例　句

Ⓐ 昨日の会議はどうでしたか。

昨天的會議如何呢？

Ⓑ よっかたです。初めてみなの本音が聞けた気がします。

太好了。我發覺這是第一次可以聽到大家真正想說的。

➪ 昨日は生放送聞けた方はラッキーでしたね。

能聽到昨天的現場轉播真是幸運呢！

➪ 近くの人に話を聞いてみるととても興味深い話が聞けた。

聽附近鄰居的話，可以聽到許多奧妙的事情。

➪ 色々な社会人の話が聞けて今後の就活をするに向けて参考になった。

可以聽到許多社會人士的意見，對今後的就職很有參考價值。

➪ 最近、為になる良い話が聞けて嬉しい。

最近很高興能聽到有益的話。

track 049

見えます

自然地看得見

見られます

刻意看可以看見

見れます

刻意看可以看見

說　明

「見えます」「見られます」「見れます」都是看得見的意思，但三者的分別如下：

「見えます」：自然進入視野，不刻意去看也可以看得到的。

「見られます」：刻意去看而看得到的。

「見れます」：刻意去看而看得到的。是「見られます」的省略用法，由於「見られます」也有「被看見」的意思，於是用「見れます」，以避免混淆。

「見えます」的用法

例　句

A あのう、すみませんが。デパートまではどうやって行きますか？

不好意思，請問到百貨公司該怎麼走？

B デパートですか？この道を真っ直ぐ行って、五番目の交差点を右に曲がるとコンビニが見えます。そのコンビニの反対側にあります。

百貨公司是嗎？你先直走，在第五個十字路口向右轉，會看到一間便利商店。就在便利商店的對面。

➡ よく晴れて空気の澄んでいる日は、都庁から富士山がとてもきれいに見えます。

在晴天空氣很好的日子，可以從市政府看到清楚的富士山。

➡ 若く見えるほうが喜ばれるというのが一般的なのです。

一般來說人都喜歡看起來年輕。

➡ 未来が見えてきた。

漸漸可以看到未來。

「見られます」的用法

例句

A 最近、何か面白い番組がある？

最近有什麼有趣的節目嗎？

B さぁ。最近は忙しくてテレビが見られなかったの。
不知道耶，最近太忙了都不能看電視。

➪ 周囲を暗くしてやっと見られるようになりました。
把周圍的環境調暗好不容易才可以看得見。

➪ 普段は見られない変わった形の雲の写真。
平常看不到的奇形怪狀的雲的照片。

➪ ここでしか見られない映像を公開する。
展示只在這裡才看得到的影片。

「見れます」的用法

例 句

A 昨日のドラマを見逃しちゃった。
我昨天忘了看連續劇了。

B わたしも。残業で見れなかった。
我也是。因為加班所以沒看到。

➪ 再放送でやっと見れた。
重播的時候終於可以看到了。

• track 050

文章(ぶんしょう)を直(なお)していただきたいのですが

可以幫我修改文章嗎

タバコを吸(す)ってもいいですか

可以吸菸嗎

説　明

「～ていただきたいのですが」和「～てもいいですか」都是詢問的句子。但是「～ていただきたいのですが」是請求對方做什麼的意思，語氣比較委婉。而「～てもいいですか」則是直接問自己可不可以做什麼事情，語氣比較強勢一點。

「～ていただきたいのですが」：「可以請你～嗎？」之意，語氣較委婉，用在對尊長或是正式的場合。
「～てもいいですか」：「我可以～嗎？」之意，語氣較直接，用在自己地位較高或是非正式的場合。

「～ていただきたいのですが」的用法

例　句

A 先生(せんせい)、お腹が痛(いた)いので早退(そうたい)させていただきたいのですが。

老師，因為我肚子痛，所以可以讓我早退嗎？

B いいよ。大丈夫（だいじょうぶ）？

好啊，你還好吧？

➪ 日本語（にほんご）を勉強（べんきょう）するために、文章（ぶんしょう）を直（なお）していただきたいのですが。

為了學習日語，可以請你幫我修改文章嗎？

➪ 英語（えいご）の文法（ぶんぽう）について教（おし）えていただきたいのですが。

可以請你教我英文的文法嗎？

➪ 質問（しつもん）させていただきたいのですが。

可以請你讓我發問嗎？

➪ こちらのサイトを紹介（しょうかい）させていただきたいのですが。

可以請你讓我介紹這個網頁嗎？

「～てもいいですか」的用法

例 句

A タバコを吸（す）ってもいいですか。

我可以吸菸嗎？

B 申（もう）し訳（わけ）ございません、店内（てんない）は禁煙（きんえん）です。

很抱歉，本店內禁菸。

➪ ここに座（すわ）ってもいいですか。

我可以坐在這裡嗎？

➪ 食(た)べてもいいですか。

我可以吃嗎？

➪ 触(ふ)れてもいいですか。

我可以摸嗎？

track 051

もらいます
得到

いただきます
得到（較禮貌）

說　明

「もらいます」和「いただきます」都是得到的意思，兩者的差別如下：

「もらいます」：一般的說法。
「いただきます」：禮貌的說法。

「もらいます」的用法

例　句

A 見(み)て！新(あたら)しいケータイ。
看！我的新手機。

B うわ、かっこういい！どこで買(か)ったの？
真酷！在哪買的？

A 彼(かれ)からもらったんだ。
我男友送我的。（從男友那兒得到的）

➩ 彼はついにアカデミ賞をもらった。

他終於得到了奧斯卡獎。

➩ 支店に転勤の辞令をもらいました。

接到了調職到分店的命令。

➩ 許可をもらった。

得到了許可。

➩ 先輩に教えてもらった。

得到前輩的指導。

➩ 彼に一緒に行ってもらった。

他一起陪我去。

「いただきます」的用法

例　句

A お時間できたら、是非またお寄りくださいね。

下次有時間，請你一定要再來。

B 今日お招きいただきましてありがとうございます。旅行がてら日本にこられてよかったです。

謝謝你今天邀請我。能趁旅行來到日本真是太好了。

例　句

A 早速ですが、本題に入らせていただきます。

那麼，言歸正傳吧。

B ええ。

好。

➩ また後（のち）ほどお電話（でんわ）させていただきます。

等一下請容我再次打電話來。

➩ 自己紹介（じこしょうかい）させていただきます。

請容我自我介紹。

➩ 遠慮（えんりょ）させていただきます。

請容我拒絕。

➩ 説明（せつめい）させていただきます。

請容我說明。

track 052

行(い)きませんか

要去嗎

行(い)きましょうか

要一起去嗎／要走了嗎

行(い)きましょう

走吧／一起去吧

說 明

中文裡，邀請時會問對方「要不要～呢？」，日文也是用「～ませんか」，來表示詢問。
另外，也可以將「～ませんか」改成「～ましょうか」更加強邀約以及共同去做某事之意。但是說「～ましょうか」的時候，通常是覺得對方八成會和自己一起，所以才提出邀請。
若是對方已經確定會和自己一起做這件事，要請對方一起出發或開始時，則是用「～ましょう」來表示。

「～ませんか」：想要一起，但不確定對方要不要。或是單純問對方要不要。
「～ましょうか」：覺得對方八成會想要一起，於是提出詢問。
「～ましょう」：幾乎確定對方會想要一起，或是已經確定了，邀請對方開始行動。

「~ませんか」的用法

例　句

A 新しくオープンしたモールには、もう行きましたか？
你去過新開幕的購物中心了嗎？

B いいえ、まだです。
還沒。

A 行かなくちゃ損ですよ。一緒に行きませんか？
沒去就虧大了，要不要一起去？

➩ おいしいりんごを食べませんか。
要吃好吃的蘋果嗎？
（通常是用在販賣商品時詢問）

➩ 田中さん、今年は実家に帰りませんか。
田中先生，你今年不返鄉嗎？

「~ましょうか」的用法

A 今晩飲みに行きましょうか？
今晚要不要去喝一杯？

B すみません。今日はちょっと…。今度時間があれば行きます。
對不起，今天有點事。下次有時間再去吧！

例 句

A そろそろ会議室に行きましょうか。みんなに紹介します。

我們差不多該到會議室去了，向大家介紹你。

B はい。

好的。

➩ 一緒に食事しましょうか？

要不要一起吃飯？

➩ 割り勘で別々に払いましょうか？

各付各的好嗎？

➩ そろそろ行こうか。

我們差不多該走了吧。

「~ましょう」的用法

例 句

A そろそろ時間です。行きましょう。

時間到了，我們走吧。

B えっ、どこへ？

啊？去哪裡？

例 句

A やあ、いらっしゃい。

啊，歡迎歡迎。

B お邪魔します。

打擾了。

A 今日は膝を交えてじっくり話し合いましょう。

今天就讓我們促膝長談吧。

➪ 一緒に赤ちゃんと遊びましょう。

和小嬰兒一起玩吧。

➪ 皆で頑張りましょう。

大家一起加油吧。

➪ 行こう。

走吧。

（「行きましょう」的普通形為「行こう」）

• track 053

どうも

你好／謝謝

ありがとう

謝謝

說 明

「どうも」可以用在打招呼時，也可以用在致謝的時候。若是用在致謝的時候，只說「どうも」的話感覺語氣比較輕鬆，所以正式的場合通常會說「ありがとう」或是「どうもありがとうございました」。

「どうも」的用法

例 句

Ⓐ 三百円(さんびゃくえん)のお返(かえ)しです。

這是找您的三百日圓。

Ⓑ どうも。

謝謝。

（此時是客人的地位較高，所以可以只說どうも）

➩ どうも、中居(なかい)です。

你好，我是中居。

「ありがとう」的用法

例　句

A 何(なに)があってもわたしはあなたの味方(みかた)よ。

不管發生什麼事，我都站在你這邊。

B ありがとう！心(こころ)が強(つよ)くなった。

謝謝你，我覺得更有勇氣了。

例　句

A 花田(はなだ)さん、先日(せんじつ)は結構(けっこう)なものをいただきまして、本当(ほんとう)にありがとうございます。

花田先生，前些日子收了您的大禮，真是謝謝你。

B いいえ、大(たい)したものではありません。

哪兒的話，又不是什麼貴重的東西。

例　句

A いろいろお世話(せわ)になりました。ありがとうございます。

受到你很多照顧，真的很感謝你。

B いいえ、こちらこそ。

哪兒的話，彼此彼此。

track 054

会社(かいしゃ)に戻(もど)ります

回到公司

うちに帰(かえ)ります

回家

說　明

「戻(もど)ります」和「帰(かえ)ります」都有回去的意思。但是「戻(もど)ります」是指暫時回到一個地方，還會再離開。而「帰(かえ)ります」則是有回到最終所在地的意思。由於公司只是上班時才會去，上完班後還會再離開，所以是用「戻(もど)ります」。而家則是最終的歸處，所以是用「帰(かえ)ります」。

「戻(もど)ります」：回到暫時停留的地方，還會再離開。
「帰(かえ)ります」：回到會長久停留的地方。

「戻(もど)ります」的用法

例　句

A あれ？鍵(かぎ)が…。

啊，鑰匙忘了帶！

B えっ！どうする？戻(もど)るか？

那怎麼辦？回去拿嗎？

A まあ、いっか。行こうか。

算了，走吧！

➪ ちょっと待って、すぐ戻るから。

等一下，我馬上回來。

➪ 田中は三時には戻る予定でおります。

田中預計三點會回到公司。

➪ 先週日本から戻りました。

我上星期從日本回來了。

➪ お戻りになったら、ご連絡くださるようお伝えください。

請轉告他，回來後請與我聯絡。

「帰ります」的用法

例　句

A じゃ、そろそろ帰りますね。

那麼，我要回去了。

B 暗いから気をつけてください。

天色很暗，請小心。

例　句

A 小百合、まだ帰ってこないなあ。

小百合還沒回來嗎？

B どこかで寄(よ)り道(みち)してるんでしょう。

可能順道繞到別的地方去了吧。

➡ うちに帰(かえ)ります。

回家。

➡ 今帰(いまかえ)ってきたばかりです。

才剛回到家。

➡ 帰(かえ)れ！

回去！

➡ もう帰(かえ)ってよろしい。

可以回去了。

➡ 帰(かえ)るところがない。

無家可歸。

track 055

ホテルに泊まります

住在旅館（暫住）

日本に住みます

住在日本（長住）

說明

「泊まります」和「住みます」都是居住的意思。「泊まります」是暫時住在某處的意思。而「住みます」則是長久居住。所以像飯店、朋友家之類，並非久居之地，就會用「泊まります」。

「泊まります」：暫時居住。
「住みます」：長久居住。

「泊まります」的用法

例句

Ⓐ アパートを探し当てましたか？
你找到地方住了嗎？

Ⓑ いや、まだ見つかりません。しばらくの間、友達のところに泊まります。
還沒找到，先暫時住在朋友家。

➪ このホテルは千人(せんにん)の客(きゃく)が泊(と)まれる。
這家飯店可以住一千位客人。

➪ 今晩(こんばん)泊(と)まるところがありません。
今晚沒地方可住。

➪ ホテルに一晩(ひとばん)泊(と)まります。
在飯店住一晚。

➪ 友人(ゆうじん)の家(いえ)に泊(と)まります。
住在朋友家。

「住(す)みます」的用法

例　句

A はじめまして、橋本(はしもと)と申(もう)します。
你好，初次見面，敝姓橋本。

B 田中(たなか)です、わたしは上(うえ)の階(かい)に住(す)んでいます。これからもよろしくお願(ねが)いします。
我姓田中，住在樓上。今後也請多多指教。

➪ 両親(りょうしん)は東京(とうきょう)に住(す)んでいます。
父母都住在東京。

➪ ずっと台湾(たいわん)に住(す)んでいます。
一直都住在台灣。

➪ 田舎（いなか）に住（す）みます。

住在鄉下。

➪ どこに住（す）んでいますか。

請問你住在哪裡呢？

➪ 実家（じっか）に住（す）んでいます。

住在父母家。

➪ ここは人（ひと）の住（す）むところじゃない。

這裡不是人住的地方。

➪ 住（す）みにくいまちだ。

不適合居住的城市。

➪ 何階（なんかい）に住（す）みますか。

住在幾樓呢？

➪ 名古屋（なごや）に住（す）みます。

住在名古屋。

（表示長期住在名古屋）

•track 056

寝（ね）ます
睡／躺

眠（ねむ）ります
睡

説明
「寝（ね）ます」和「眠（ねむ）ります」都是睡覺的意思。但是「寝（ね）ます」是指廣義「睡覺」，泛指躺下睡覺的動作，但不一定是真的睡著。無論是躺下、打瞌睡、休息片刻，都可以用「寝（ね）ます」。但是「眠（ねむ）ります」就是指「睡著」的動作，有熟睡之意。

「寝（ね）ます」：廣義的睡覺、躺著。（不一定是真的睡著）
「眠（ねむ）ります」：睡著。

「寝（ね）ます」的用法

例句
A 眠（ねむ）いから先（さき）に寝（ね）るわ。
我想睡了，先去睡囉。

B うん、おやすみ。
嗯，晚安。

➩ よく寝ます。

睡得很好。

➩ よく寝られません。

睡不好。

➩ 早く寝て早く起きる。

早睡早起。

➩ 寝る時間も惜しんで働きます。

連睡覺的時間都覺得可惜，努力地工作。

➩ テレビを見るとつい寝るのが遅くなった。

因為看了電視所以晚睡。

➩ 寝ながら小説を読みます。

邊躺著邊看小說。

➩ 芝生の上に寝ています。

躺在草皮上。

「眠ります」的用法

例　句

A まだ寝ないの。

還不睡嗎？

B 寝る前ついコーヒーを飲んじゃって眠れないの。

因為睡前喝了咖啡所以睡不著。

➪ ぐっすりと眠ります。

睡得很熟。

➪ 寒くて眠れない。

很冷所以睡不著。

➪ 眠いから行きません。

因為想睡所以不去。

➪ 眠くて仕方がない。

想睡得不得了。

➪ いくら寝ても眠くて、休みの日であれば半日くらい寝てしまいます。

再怎麼睡都還是覺得睏，有休假的話大概有半天都是在睡覺。

➪ 眠くてもなかなか寝つけない。

就算很睏也睡不好。

track 057

出産(しゅっさん)します

生小孩

生産(せいさん)します

製造東西

説　明

「出産(しゅっさん)します」：生小孩。
「生産(せいさん)します」：製造商品、物品。

「出産(しゅっさん)します」的用法

➪ 女(おんな)の子(こ)を出産(しゅっさん)しました。

生了女孩。

➪ 男児(だんじ)ご出産(しゅっさん)おめでとうございます。

恭喜你生了男孩。

「生産(せいさん)します」的用法

➪ 生産能力(せいさんのうりょく)を誇(ほこ)る。

以產能為傲。

➪ パソコンの周辺商品(しゅうへんしょうひん)を生産(せいさん)します

製造電腦週邊。

➪ 天然はちみつを生産しています。

出產天然蜂蜜。

➪ アイスクリームを生産しています。

製造冰淇淋。

➪ 昨年までの10年間に3000個余りを生産ました。

到去年為止的10年間，製造了3000多個。

➪ 売れた分だけ生産する。

只製造賣得出去的數量。

➪ 停滞なく生産する。

不停地製造。

track 058

私(わたし)はおもちゃがほしいです。

我想要玩具

弟(おとうと)はおもちゃをほしがります。

弟弟想要玩具

說　明

在使用形容詞的時候，如果是表示自己的心情，就是用「～しいです」，如「嬉(うれ)しい」「恥(は)ずかしい」「寂(さび)しい」等。但是如果話題的主角是第三人稱，提到別人的心情時，就要用「～がります」的方式來表示。

「～しいです」：形容自己的心情。
「～がります」：形容別人的心情。

「～しいです」的用法

例　句

A ね、お揃(そろ)いのペアリングがほしい。
我想要買對戒。

B じゃあ、買(か)ってあげる。
那就買給你吧。

➩ ほっとする場所(ばしょ)がほしい！
想要可以喘口氣的場所。

➪ 佐藤君（さとうくん）がうらやましいなあ！神様（かみさま）は本当（ほんとう）にずるいよ！
佐藤，我真羨慕你。老天爺也太不公平了吧！

➪ ほめてもらって嬉（うれ）しいです。
得到稱讚很開心。

「～がります」的用法

➪ 子供（こども）がクッキーをほしがって泣（な）いています。
小孩因為想要吃餅乾所以哭了。

➪ 彼（かれ）はうっかり転（ころ）んでしまったので、恥（は）ずかしがっていました。
他不小心跌倒，所以覺得很丟臉。

➪ 彼女（かのじょ）は試合（しあい）に負（ま）けたので、悔（くや）しがっている。
她因為輸了比賽，所以很不甘心。

track 059

公園に人がいます

公園裡有人

公園に花があります

公園裡有花

說　明

「います」和「あります」雖然都是「有」的意思。但是「います」是用在會動生物，如：人、動物。而「あります」是用在不會動的物品上，如：植物、家俱…等。

「います」：用在會動的生物上。如：人、動物、昆蟲…等。

「あります」：用在不會動的事物上。如：植物、家俱、物品…等。

「います」的用法

例　句

A あ、大好きな佐々木先輩がいる。

啊，我最喜歡的佐佐木學長在這裡。

B えっ？だれ？教えて。

什麼？在哪在哪，快告訴我。

例 句

A 付き合ってください。

請和我交往！

B ごめん、彼氏がいるんです。

對不起，我有男友了。

➡ 両親はアメリカにいます。

父母住在美國。

➡ 庭に犬がいます。

院子裡有狗。

「あります」的用法

例 句

A 今夜ABC会社との接待がありますが、田中君もぜひどうですか？

今天晚上要接待ABC公司，田中你也一起來吧！

B 実は、今日は子供の急病のため、看病しなければならないんです。本当に申し訳ありません。

因為我的孩子生了病，我今晚要去照顧他。實在很抱歉。

A いいえ。急に言い出したわたしが悪いんです。

不。突然做出這種要求是我不對。

➪ 図書館(としょかん)はどこにありますか？

圖書館在哪裡呢？

➪ 用事(ようじ)があります。

我有事。

➪ 問題(もんだい)があります。

有問題。

➪ 学校(がっこう)の前(まえ)には本屋(ほんや)や八百屋(やおや)や交番(こうばん)などがあります。

學校前面有書店、蔬菜店、警察局……等等。

➪ 部屋(へや)に机(つくえ)やベッドなどがあります。

房間裡有桌子和床……等等。

➪ いくつありますか。

有幾個呢？

➪ あそこにレストランがあります。そのレストランはまずいです。

那裡有間餐廳。那間餐廳的菜很難吃。

track 060

車に乗ります

坐上車

階段を上がります

上樓梯

説　明

在日文裡，搭交通工具會用「乗ります」這個字，我們所說的「上車」，在日文裡也是用「乗ります」這個單字。而上樓梯或是上升，則是用「上がります」。

「乗ります」：搭乘、乘坐。
「上がります」：上升、走上去。

「乗ります」的用法

例　句

A 何がありましたか？

發生什麼事？

B 乗る予定の飛行機が、大雪で飛べなくなって、困りましたよ。

我要搭的飛機因為大雪停飛了，真困擾。

例　句

A あのう、すみませんが。デパートまではどうやって行きますか？

不好意思，請問到百貨公司該怎麼走？

B デパートですか。えっと、市民センター行きのバスに乗って、「デパート前」で降ります。

有的，你可以搭往市民中心的公車，然後在「百貨公司前」這一站下車。

➩ 次の電車に乗る。

坐下一班火車。

「上がります」的用法

例　句

A すみません、トイレはどこですか。

不好意思，請問廁所在哪裡？

B 階段を上がって、右にあります。

上了樓梯後的右邊。

➩ 3階に上がってください。

請上三樓。

➩ 1階から5階まで歩いて上がりました。

從1樓爬樓梯到5樓。

➪ 屋根(やね)が高(たか)すぎて上(あ)がれません。

屋頂太高了爬不上去。

➪ 誰(だれ)か坂(さか)を上(あ)がってきた。

有某個人爬上坡來。

➪ 先生(せんせい)が演壇(えんだん)に上(あ)がります。

老師走上了講台。

track 061

かいだん　　あ
階段を上がります

上樓梯

かいだん　　のぼ
階段を登ります

上樓梯

說明

「上がります」和「登ります」都是「走上」「爬上」的意思。「上がります」指的是瞬間的動作，而「登ります」的重點則是在「走」「攀登」的過程。

「上がります」：瞬間的動作，只把「上がります」當作一個過渡的動作。
「登ります」：專指「走」、「攀登」的動作過程。

「上がります」的用法

例句

A 東京スカイツリーに上がった事がありますか。
你有上到東京SKY TREE上過嗎？
（重點在上到最上面，而非上去的過程）

B いいえ、是非一度上がりたいですね。
沒有，我非常想去一次看看。

➩ 階段(かいだん)を上(あ)がります。

爬上樓梯。

➩ 屋根(やね)に上(あ)がって点検(てんけん)しました。

上到屋頂檢查。

（重點在檢查，上到屋頂只是單一時間點的動作）

「登(のぼ)ります」的用法

例 句

Ⓐ 富士山(ふじさん)に登(のぼ)った事(こと)がありますか。

你曾經爬過富士山嗎？

（問句重點在爬山的過程）

Ⓑ はい、一度(いちど)だけ。

有的，只有兩欠。

➩ 山(やま)に登(のぼ)ります。

登山。

（重點在登山的動作）

➩ 子供(こども)が木(き)に登(のぼ)ります。

小朋友爬到樹上。

➩ 階段(かいだん)を登(のぼ)ります。

爬樓梯。

➪ はしごを一段ずつ、登って行く。

一階一階爬上梯子。

➪ 子供と山に登りました。

和孩子一起去爬山。

➪ 自分のペースで登って行く。

以自己的速度登山。

➪ いつかみんなで、富士山に登ってみたいですね。

希望有一天可以大家一起去爬富士山。

• track 062

お風呂(ふろ)に入(はい)ります

洗澡／泡澡

シャワーを浴(あ)びます

淋浴

説　明

在日文裡，「お風呂(ふろ)に入(はい)ります」可以用來指泡澡，也可以用來泛指洗澡的意思。因為在日本泡澡的文化十分普遍，所以一般說到「洗澡」就會說「お風呂(ふろ)に入(はい)ります」。而「シャワーを浴(あ)びます」則是專指「淋浴」的動作。

「お風呂(ふろ)に入(はい)ります」：泡澡或泛指一般的洗澡。
「シャワーを浴(あ)びます」：專指淋浴。

「お風呂(ふろ)に入(はい)ります」的用法

例　句

A 早(はや)くお風呂(ふろ)に入(はい)りなさい。

快去洗澡。

B いや、まだ遊(あそ)びたいの。

不要，我還想玩啦。

➪ 毎晩風呂に入る。

每天晚上都會洗澡。

➪ いつもご飯前にお風呂に入っていました。

總是在飯前洗澡。

➪ お風呂に入った後、お風呂掃除をする。

泡完澡後，會清洗浴缸。

「シャワーを浴びます」的用法

例句

A ご飯ができましたよ。

飯做好了喔。

B うん、シャワーを浴びてから食べる。

嗯，我沖個澡之後再吃。

➪ 今朝は水道が断水した。で、わたしはシャワーを浴びずに会社に出た。

今天早上停水，所以我沒有沖澡就出門上班了。

●track 063

ドアが開(あ)いています
門是開著的

ドアが開(あ)けてあります
門被打開著

ドアを開(あ)けておきます
先把門開好

說　明

「～ています」：自動詞＋ています，表示事物的狀態。

「～てあります」：他動詞＋～てあります，也是表示事物的狀態，但是強調這個狀態是人為造成的。

「～ておきます」：他動詞＋～ておきます。表示事物事狀態。強調人為的動作是預先做好的。

「～ています」的用法

➡ かばんの中(なか)にはいつもハンカチが入(はい)っています。
包包裡一向都會放手帕。
（強調手帕都會在包包裡）

➪ 顔（かお）にケチャップがついています
臉沾到番茄醬。
（強調番茄醬沾在臉上的狀態）

➪ 電気（でんき）が消（き）えています
電燈是關著的。
（強調燈是關著的）

➪ 靴（くつ）は汚（よご）れています。
鞋子髒了。
（強調鞋子是髒的）

➪ カーテンが破（やぶ）れています。
窗簾破了。
（強調窗簾是破的）

➪ 時計（とけい）は止（と）まっています。
時鐘停了。
（強調時鐘是不會運轉的）

➪ おかずは一杯残（いっぱいのこ）っています。
剩了很多菜。
（強調菜是剩下來的）

「～てあります」的用法

➪ 庭に椅子が置いてあります。

院子裡放了椅子。

（強調有人放了椅子）

➪ 壁にポスターが張ってあります。

牆壁上貼了海去。

（強調海報是有人貼上去的）

➪ コートはたんすの中につるしてあります。

外套被收在衣櫥裡。

（強調外套是被人收進去的）

➪ せんべいがいつも置いてあります。

一直都放有仙貝。

（強調仙貝是有人放著的）

➪ 玄関に靴べらが置いてあります。

玄關放著鞋拔。

（強調鞋拔是被人放著的）

➪ 窓があけてあります。

窗戶是開著的。

（強調窗戶是被人打開的）

➪ 花が飾ってあります。

裝飾著花。

（強調有人用花裝飾）

「～ておきます」的用法

➡ 資料を調べておいてください。
請事先查好資料。

➡ 机を並べておいてください。
請事先排好桌子。

➡ 資料をコピーしておこう。
請事先影印好資料。

➡ ホテルを予約しといてください。
請事先預約好飯店。

➡ ビールを冷やしておいて飲もう。
事先冰好啤酒準備喝。

➡ パーティーのため、ピザを買っておきました。
為了派對的準備，事先買好比薩。

• track 064

わかりません

不知道

知(し)りません

不知道

説明

「わかりません」和「知(し)りません」都是「不知道」的意思。但是「知(し)ります」通常是單純的「知道」而還不「了解」。而「わかります」則是已經「知道」並且「了解」，內心可以下判斷的狀態。

「わかりません」：「不了解」，內心可以下判斷的狀態。

「知(し)りません」：單純的「不知道」，程度較「わかりません」淺。

「わかりません」的用法

例句

A この問題(もんだい)、ちょっとわからないので、教(おし)えていただきたいのですが。

這部分我不太了解，可以請你告訴我嗎？

（不夠了解，所以要問）

B いいですよ。

好啊。

例句

A どうするつもりですか？

你打算怎麼作？

B まだ分(わ)かりません。

目前還不知道。

（自己的事自己也不了解，所以用「わかりません」）

例句

A 誰(だれ)だ？当(あ)ててみて。

猜猜我是誰？

B 分(わ)からないよ。ヒントちょうだい。

我猜不到，給我點提示。

➪ よく分(わ)からない。

我不太清楚。

➪ 意味(いみ)が分(わ)からない。

搞不懂！

「知(し)りません」的用法

例句

A 私のパソコンを使ったのは誰？

誰用了我的電腦？

B 私は帰ったばかりで、何も知らないよ。

我才剛回來，什麼都不知道。

（完全不知道怎麼一回事）

➪ 知らないよ。

我不知道啦！

（不知道是怎麼回事，也不想了解）

➪ さあ、知らない。

天曉得。

（不知道是怎麼回事，也不想了解）

➪ 知らないと損する。

不知道就虧大了。

（什麼都都不知道的話就損失了）

➪ 彼の名前を知りません。

不知道他的名字。

track 065

会社(かいしゃ)で働(はたら)いています

在公司工作

出版社(しゅっぱんしゃ)に勤(つと)めています

在出版社任職

説　明

「働(はたら)いています」：指工作的動作或是職業的狀態。
「勤(つと)めています」：任職的意思。

「働(はたら)きます」的用法

例　句

A お仕事(しごと)は。

請問您的工作是？

B 法律事務所(ほうりつじむしょ)で働(はたら)いています。

我在法律事務所工作。

➪ こつこつ働(はたら)いています。

正在認真工作。

➪ 六本木(ろっぽんぎ)で働(はたら)いていた。

曾經在六本木工作過。

➪ 人材業界(じんざいぎょうかい)で働(はたら)いている。

曾經在人力仲介業工作過。

「勤(つと)めます」的用法

例　句

A お仕事(しごと)は。

請問你的工作是什麼？

B ネットセキュリティの会社(かいしゃ)に勤めています。

我在網路安全公司任職。

➪ この会社(かいしゃ)に15年勤めています。

我在這公司工作了15年。

➪ 貿易会社(ぼうえきがいしゃ)で通訳(つうやく)として勤(つと)めている。

我在貿易公司當翻譯。

track 066

車(くるま)を持(も)っています

有車子（事物）

弟(おとうと)がいます

有弟弟（人／動物）

說　明

「持(も)っています」和「います」都是「有」的意思，但是「持(も)っています」是用在不能動或抽象的東西上，是擁有的意思。而「います」則是用在會動的生物上面。

「持(も)っています」：用在不能動或抽象的東西。如：車子、書、信心…等。

「います」：用在會動的生物。如：人、寵物…等。

「持(も)っています」的用法

例　句

A 雨(あめ)がひどいですね。

好大的雨啊！

B そうですね。本当(ほんとう)にひどい雨(あめ)ですね。

對啊，真的下好大喔！

A あのう、もしかして今日(きょう)は傘(かさ)を持(も)っていないんですか？

請問…，你該不會是忘了帶雨傘了吧？

➪ お金なんか持っていない。

我沒有什麼錢。

➪ 当店が自信を持ってお勧めします。

這是本店的推薦商品。

「います」的用法

例　句

A 今、教室に誰がいる。

現在有誰在教室呢？

B 田中君とあつし君。

田中和小淳。

➪ 好きな人がいますか。

有喜歡的人。

➪ 日本に兄がいます。

有個哥哥在日本。

➪ 彼女がいるんだ。

我有女友了。

track 067

彼(かれ)と話(はな)します

和他說話

彼(かれ)に言(い)います

告訴他

說　明

「話(はな)します」和「言(い)います」都是「說話」的意思。「話(はな)します」是指單純談話的動作，是當雙方有來有往的對談時使用。而「言(い)います」則是著重在「告知」「說出」的意思，屬於單方向的說話。

「話(はな)します」：談話、對談。是雙方有來有往的談話。
「言(い)います」：單方面的告知、說話。

「～と話(はな)します」的用法

例　句

A 今(いま)、誰(だれ)と話(はな)した。

剛剛你在和誰說話？

B 隣(となり)の田中(たなか)さん。

隔壁的田中先生。

➩ 久々(ひさびさ)にきれいな女性(じょせい)と話(はな)したから緊張(きんちょう)した。

很久沒和漂亮的女生說話了所以很緊張。

➩ 電話(でんわ)で彼(かれ)と話(はな)しました。

在電話中和他談過了。

「～に言(い)います」的用法

例　句

A 転勤(てんきん)のこと、彼女(かのじょ)に言(い)いましたか。

調職的事，已經告訴你女友了嗎？

B いいえ、まだです。

不，還沒有。

➩ 子(こ)どもに言(い)った言葉(ことば)は必(かなら)ず親(おや)に返(かえ)ってくる。

和小孩說的話最後一定會回到父母身上。

➩ 誰(だれ)にも言(い)わないで。

不可以告訴任何人。

track 068

べんきょう
勉強します

學習／用功

まな
学びます

學習

なら
習います

學習

おそ
教わります

學習

說　明

上面的4個單字都是學習的意思，但是程度和著重的重點上有些微的不同。整理如下：

「勉強します」：單純指「學習」「用功」的意思。像是在家複習功課、念書。

「学びます」：學習之後進一步吸收消化變成自己的內涵及知識。

「習います」：重點是指「學習的動作」，類似「向別人模仿」。

「教わります」：和「習います」相似，是指「學習的動作」。

「勉強(べんきょう)します」的用法

例　句

A ね、一緒(いっしょ)に遊(あそ)ばない？

要不要一起來玩？

B 今勉強中(いまべんきょうちゅう)なの、邪魔(じゃま)しないで。

我正在念書，別煩我。

例　句

A 明日(あした)はテストだ。勉強(べんきょう)しなくちゃ。

明天就是考試了，不用功不行。

B なんとかなるから、大丈夫(だいじょうぶ)だ。

船到橋到自然直，自然有辦法的，沒關係。

「学(まな)びます」的用法

例　句

A 大学(だいがく)で何(なに)を専攻(せんこう)していますか。

你在大學主修什麼？

B 法律(ほうりつ)を学(まな)んでいます。

我主修法律。

➪ 彼女と一緒に仕事をしてずいぶん学んだ。

和她一起工作學到了很多。

➪ 経験を通じて多くのことを学んだ。

透過經驗學習到很多東西。

「習います」的用法

例句

Ⓐ 田中さんの趣味は何ですか。

田中先生的興趣是什麼呢？

Ⓑ 料理です。いま、中華料理の先生に習っています。

烹飪。我現在正在向中國菜的老師學習。

➪ パソコンの使い方を習いたいです。

我想學電腦的使用方法。

➪ フランス語を先生に習いたいです。

正在向老師學法語。

「教わります」的用法

例句

Ⓐ 火起こしが上手だね。

你很會升火耶！

B ボーイスカウトで教わったことがあるから。

因為在當童子軍的時候學過。

➭ ギターを音楽教師に教わっています。

向音樂老師學吉他。

➭ 母に教わった美味しいとんかつ。

向媽媽學來的美味豬排。

➭ 謙虚な姿勢でなければ、教わることはできないでしょう。

如果不謙虛的話，就無法學習。

➭ 子どもから教わること。

從孩子身上學來的事。

➭ 先輩から教わることが多かった。

從前輩身上學到了很多。

track 069

教(おし)えてくれます

別人教我

教(おし)えてあげます

我教別人

說　明

日語中的授受關係經常會讓人搞不清楚。這裡用常見的兩個動詞來比較：

「くれます」：別人給我；對方通常是平輩或地位較高的人。

「あげます」：我給別人；通常是給比自己地位低的人。（地位高的人會用「さし上げます」）

「くれます」的用法

例　句

A お菓子(かし)を買(か)ってきてくれない？

幫我買些零食回來好嗎？

B 嫌(いや)だよ。

不要！

➪ ちょっと時間作ってくれませんか？

可以給我一些時間嗎？

➪ 誘ってくれてありがとう。

謝謝你邀請我。

➪ 先輩がよく教えてくれます。

前輩教了我很多。

➪ 母が郵便を持ってきてくれました。

母親把郵件拿來給我。

「あげます」的用法

例　句

Ⓐ あ、プリンを買うのを忘れちゃった。

啊，我忘了買布丁了。

Ⓑ じゃあ、買ってきてあげるわ。

那，我去幫你買吧。

例　句

Ⓐ あれ、お金がちょっと足りない。

咦，錢不夠。

Ⓑ じゃ、立て替えてあげようか。

那我借你吧。

track 070

先生(せんせい)が教(おし)えてくれます

老師教我

わたしは先生(せんせい)に教(おし)えてもらいます

我得到老師教導

説　明

「先生(せんせい)が教(おし)えてくれます」和「わたしは先生(せんせい)に教(おし)えてもらいます」在意思上雖然都是「老師教我」，但是兩個句子的主詞並不相同，而依照主詞的不同，使用的動詞也不同。

以「先生(せんせい)」當主詞時，是老師教授給我，所以用「くれます」。
以「わたし」當主詞時，是我得到老師的教導，所以用「もらいます」。

「くれます」：給；主詞是給東西的人。
「もらいます」：得到；主詞是得到東西的人。

「くれます」的用法

例　句

A 昨日(きのう)の飲(の)み会(かい)、どうして来(こ)なかったの？先生(せんせい)が全部(ぜんぶ)払(はら)ってくれたのに。

昨天你怎麼沒來聚會？老師請客耶！

B 本当？ああ、損した。

真的嗎？那真是虧大了。

➪ ゲストが来てくれました。

來賓大駕光臨。

➪ 看護師さんがとても優しく対応してくれました。

護士很溫柔地對待我。

「もらいます」的用法

例句

A やった！採用をもらったよ！

太棒了，我被錄取了。

B おめでとう！よかったね。

恭喜你，真是太好了。

➪ 先生に間違ってたところを直してもらいました。

老師幫我改正了錯的地方。

➪ よく慰めてもらいました。

經常得到安慰。

track 071

コピー機が壊れます

影印機壞了

コピー機を壊します

弄壞了影印機

說　明

「壊れます」：自動詞，表示壞掉的狀態。
「壊します」：他動詞，表示人為的破壞。

「壊れます」的用法

例　句

A おかしいなあ。コピー機が動かない。
真奇怪，影印機不能動。

B 壊れちゃったんじゃないの？
早就壞了吧？

➪ 机が壊れました。
桌子壞了。

➪ ゲーム機が落ちて壊れた。
遊戲機掉到地上破了。

➪ エアコンが壊れました。

冷氣壞了。

「壊します」的用法

➪ 食べすぎで胃を壊した。

吃壞了腸胃。

例 句

A どうしたの。

怎麼了嗎？

B 子供が暴れて公共のものを壊した。

孩子們大鬧，破壞了公共的東西。

➪ 子供がお腹を壊した。

小朋友吃壞肚子了。

➪ 雰囲気を壊しました。

破壞了氣氛。

track 072

本を借ります

借書

本を貸します

借書給別人

說　明

在中文裡，借的動作，不管是借出或借入都是說「借」，但是日文裡，借出是「貸します」，借入是「借ります」；要分清楚。

「借ります」：借入。
「貸します」：借出。

「借ります」的用法

例　句

A 今日も忙しかった？
今天也很忙嗎？

B うん、猫の手も借りたいほど。
對啊，忙得不得了。
（忙到想向貓借手，比喻十分忙碌）

➩ 姉から3万円を借りました。

向姊姊借了３萬日圓。

「貸します」的用法

例　句

A あれ、財布を忘れた。

啊，忘了帶皮夾。

B じゃ、貸してあげようか。

那我借你吧。

➩ 傘を貸してもらえませんか？

可以借我雨傘嗎？

➩ ケータイを貸してくれない。

可以借我手機嗎？

➩ 彼に一万円を貸した。

借了他一萬日圓。

track 073

放心します

恍神／茫然

安心します

安心

說　明

「放心します」：主要是指「恍神」、「茫然」的意思。
「安心します」：主要是指「放心」、「安心」的意思。

「放心します」的用法

➪ 事故の意外さに放心した。
被這個意外驚嚇到茫然不知所措。

➪ あまりの事態に放心する。
因為事態太嚴重了所以茫然不知所措。

➪ 数学で0点を取った成績表が出てきて、しばらく放心しました。
看到數學拿到0分的成績單，短暫地感到不知所措。

「安心します」的用法

例　句

A バイトで忙しくて、勉強のほうはしっかりやってるんじゃないか。

打工這麼忙，有好好在念書嗎？

B ちゃんとやってるから安心して。

我有認真在念，你放心。

➪ 皆さんご無事なようで一安心しました。

知道大家都沒事就覺得放下心來了。

➪ とても信頼ができる方で安心した。

是很值得信賴的人請你放心。

track 074

温度(おんど)を上(あ)げる

把溫度調高

温度(おんど)を下(さ)げる

把溫度調低

說　明

調整冷氣的溫度的時候，是用「上(あ)げる」、「下(さ)げる」來表示。

「上(あ)げる」的用法

例　句

A 寒(さむ)いから、エアコンの設定温度(せっていおんど)を上(あ)げて。

好冷，把冷氣溫度調高吧。

B うん。

好。

➪ 値上(ねあ)げすることになりました。

要漲價了。

➪ 成績(せいせき)を上(あ)げる。

成績變好。

➡ 効果を上げる。
提高效果。

➡ スピードを上げる。
提高速度。

➡ 税金を上げた。
提高稅金。

➡ 声を上げた。
提高音量。

「下げる」的用法。

例 句

A 室温が上がってきたからエアコンの温度を下げて。
室溫已經上升了，把冷氣的溫度調低吧。

B いやだよ、寒いから。
不要，好冷喔。

➡ 好感度を下げました。
好感度下降了。

➡ 値段を下げる。
價格下降。

➡ ボリュームを下げる。
降低音量。

track 075

時計の時間が合ってます

時鐘的時間很準

時計の時間が進んでいます

時鐘的時間快了

時計の時間が遅れています

時鐘的時間慢了

時計の時間を合わせます

調整時鐘的時間

說　明

「合ってます」：時間很準。

「進んでいます」：時間快了。

「遅れています」：時間慢了。

「合わせます」：調整時間。

「時計の時間が合ってます」的用法

例　句

A この部屋の時計はかわいい。

這個房間的時鐘好可愛喔！

B でも時間(じかん)が合(あ)っていないから役(えき)に立(た)たないよ。

可是時間不準所以一點用都沒有。

⇨ パソコンの時間(じかん)は合(あ)ってますか。

電腦的時間是正確的嗎？

「時計(とけい)の時間(じかん)が進(すす)んでいます」的用法

例　句

A 時計(とけい)が進(すす)んでいるので時計合(とけいあ)わせをしたいんですが。今何時(いまなんじ)ですか。

時鐘的時間比較快，所以想要調整。現在是幾點呢？

B 七時十分(しちじじゅっぷん)です。

是七點十分。

「時計(とけい)の時間(じかん)が遅(おく)れています」的用法

例　句

A 今朝(けさ)どうしたの。

今天早上怎麼回事？

B 時計(とけい)の時間(じかん)が遅(おく)れていて遅刻(ちこく)してしまったの。もう最悪(さいあく)だ。

時鐘的時間慢了所以遲到。真是太糟了。

「時計の時間を合わせます」的用法

➩ 時差があるので、目覚まし時計の時間を合わせてアラームもセットしたし、そろそろ眠いので寝ます。

因為有時差，所以調整了鬧鐘的時間，差不多也想睡了，所以就睡了。

➩ 目覚まし時計の時間を合わせたのに、セットし忘れた。

雖然調整了鬧鐘的時間，卻忘了定時。

➩ 時計の時間を合わせたのに朝になったら 1 時間も遅れました。

明明調整了時鐘的時間，到了早上卻又慢了 1 個小時。

track 076

ドアを閉めます

關門

本を閉じます

合上書

說　明

「閉めます」和「閉じます」都帶有「關」「合」的意思，有時候也能夠通用，但基本上有慣用的形式，一般來說「閉めます」是用在具有內部空間的東西，而且是用在事物構造上，不能用在人體器官。

「閉めます」：較口語，用在事物的構造上較多。

「閉じます」：把打開的事物恢復成原來合起來的狀態，可以用在人體器官、家俱（門、窗、箱…等）。

「閉めます」的用法

例　句

A じゃあ、お先に失礼します。

那麼，我先回去了。

B はい、お疲れ様。あ、帰る前に窓を閉めてもらえませんか。

好的，辛苦了。啊，回去之前可以幫我把窗戶關上嗎？

➪ うるさいので、ドアを閉(し)めました。

因為很吵，所以把門關上。

➪ カーテンをきちんと閉(し)めます。

把窗簾緊緊地拉上。

➪ 不況(ふきょう)で店(みせ)を閉(し)めました。

因為不景氣所以把店關了。

「閉(と)じます」的用法

例　句

A これからテストします。本(ほん)を閉(と)じてください。

現在開始測驗。

B ええ～！

什麼！

➪ 目(め)を閉(と)じた。

閉上眼。

➪ ドアが自動的(じどうてき)に閉(と)じた。

門自動關上了。

track 077

コンセントに差し込みます

插插頭

人を刺します

刺殺人

說　明

「差し込みます」和「刺します」都有插入的意思。但「差し込みます」是單純的插入，而「刺します」則是有「刺入」的意思。

「差し込みます」：插入、扎進。
「刺します」：刺。

「差し込みます」的用法

➩ プラグを差し込みます。
插插頭。

➩ 錠に鍵を差し込んで開けます。
把鑰匙插進鎖裡打開。

「刺します」的用法

➪ ナイフで人(ひと)を刺(さ)す。
用刀子刺傷人。

➪ 鶏肉(とりにく)をくしに刺(さ)しました。
把雞肉串在竹籤上。

➪ 蜂(はち)に太(ふと)ももを刺(さ)された。
被蜜蜂螫到大腿。

track 078

趣味（しゅみ）

嗜好

興味（きょうみ）

興趣

說明

「趣味（しゅみ）」：人的嗜好。
「興味（きょうみ）」：對某件事情感到有興趣。

「趣味（しゅみ）」的用法

例句

A 前田（まえだ）さんの趣味（しゅみ）は何（なん）ですか？
前田先生的興趣是什麼？

B 絵（え）が好（す）きですが、下手（へた）の横好（よこず）きです。
我喜歡畫畫，但還不太拿手。

➩ どんな趣味（しゅみ）をお持（も）ちですか？
你的興趣是什麼？

➩ ゲームってわたしの趣味（しゅみ）と言（い）えるかな。
打電動可以算是我的興趣吧！

➪ 趣味(しゅみ)ってほどではありませんが。
還稱不上是興趣。但……。

➪ 彼(かれ)の趣味(しゅみ)は週末(しゅうまつ)ゴルフだそうです。
他的嗜好好像是週末去打高爾夫。

➪ ただ趣味的(しゅみてき)に勉強(べんきょう)しています。
只是為了嗜好才學習的。

「興味(きょうみ)」的用法

例句

A ね、何(なに)か面白(おもしろ)い番組(ばんぐみ)ある。
有什麼有趣的節目嗎？

B 「世界不思議発見(せかいふしぎはっけん)」って番組(ばんぐみ)があるけど。
有一個叫做「世界奇妙探險」的節目。

A 興味(きょうみ)ないね。面白(おもしろ)い映画(えいが)とかドラマがないの。
没什麼興趣耶，有沒有有趣的電影或是連續劇呢？

➪ あのアーティストに対(たい)する興味(きょうみ)が薄(うす)らいでいる。
對那位藝人的興趣變得很薄弱。

➪ 最近(さいきん)はこのゲームに興味(きょうみ)を持(も)つようになった。
最近對這個遊戲感到興趣。

➪ 興味(きょうみ)がなくなった。

變得沒興趣了。

➪ 彼女(かのじょ)はこの商品(しょうひん)に大(おお)いに興味(きょうみ)を示(しめ)した。

她對這個商品表現了很大的興趣。

➪ アニメに対(たい)する興味(きょうみ)が薄(うす)らいでいます。

對動畫的興趣降低了。

➪ 私(わたし)は日本語(にほんご)に興味(きょうみ)があります。

我對日語有興趣。

➪ 何(なん)にも興味(きょうみ)がもてない。

對什麼都沒興趣。

➪ 幅広(はばひろ)い分野(ぶんや)で興味(きょうみ)を持(も)つ。

對許多分野的事都有興趣。

track 079

服(ふく)を着(き)ます

穿衣服

靴(くつ)を履(は)きます

穿鞋

スカートを穿(は)きます

穿裙

時計(とけい)をつけます

戴錶

帽子(ぼうし)をかぶります

戴帽子

説　明

在中文裡，衣物類的通常都會用動詞「穿」或是「戴」，但是在日文裡，依照部位的不同，也會使用不同的動詞。整理如下：

「着(き)ます」：上衣的部分。
「履(は)きます」：鞋子、襪子。
「穿(は)きます」：裙子、裙子。
「つけます」：配件、化粧品等，在身體上的一小部分。
「かぶります」：戴在頭上的。

「着ます」的用法

A あなたみたいに背が低くちゃ、このスカートは似合わないわ。

你長得這麼矮，這件裙子你不適合啦！

B そんなみもふたもない言い方しないで、ためしに着てみたら、ぐらい言いなさいよ。

不要說話這麼直接嘛！為什麼不說說：「可以試看看呀！」這種話呢？

➪ 服を着たままで寝ちゃった。

穿著外衣就睡著了。

➪ 太ってしまってこの服が着られなくなった。

不小心胖了衣服穿不下。

➪ 同じ服を三日間も着てました。

三天都穿同一件衣服。

➪ スーツを着ると、姿もしゃんとする。

穿上西裝後，儀態也變得十分端正。

「履きます」的用法

➪ この靴はもう履けないよ。

這雙鞋已經穿不下了。

➪ この靴下は履きやすいです。

這雙襪子很好穿。

「穿きます」的用法

➪ 彼女はいつもミニスカートを穿いています。

她總是穿迷你裙。

➪ 最近ではこのデニムを一番穿いています。

最近最常穿這件牛仔褲。

「つけます」的用法

➪ 香水をつける。

噴香水。

➪ ワックスをつける。

上髮腊。

➪ 口紅をつける。

擦口紅。

➪ ピンをつける。

夾髮夾。

➡ コンタクトをつける。

戴隱形眼鏡。

➡ ネクタイをつけていない人はこのレストランに入れない。

沒打領帶的人不能進這家餐廳

「かぶります」的用法

➡ 先生(せんせい)はいつも帽子(ぼうし)をかぶっています。

老師總是戴著帽子。

track 080

あなた

你

君（きみ）

你（男性說法）

説明

在日文的會話裡面，通常不會直接說「あなた」，而是會稱呼對方的名字、職稱、頭銜。除非是較親近熟識的人才會使用。而「你」這個字，除了「あなた」」之外，依照說話者的身分地位，有很多不同的說法。下面列舉常見的幾種：

「あなた」：最常見、較有禮貌帶感情的。通常用在較親近的人。
「君（きみ）」：男性用語。
（「おまえ」：不禮貌的說法，通常也是男性用。）

「あなた」的用法

例句

A 何（なに）があってもわたしはあなたの味方（みかた）よ。
不管發生什麼事，我都站在你這邊。

B ありがとう。
謝謝你。

例句

A あなたは何(なに)もわかってない。健三(けんぞう)のバカ！

你什麼都不懂，健三你這個大笨蛋！

B 何(なん)だよ！はっきり言(い)えよ！

什麼啊！明白告訴我！

「君(きみ)」的用法

例句

A 何(なん)なの、その格好(かっこう)。ダサい！

你這打扮是怎麼回事，好土喔！

B 失礼(しつれい)だなあ、君(きみ)。

你很失禮耶。

track 081

男っぽい
像男孩子

男らしい
有男子氣概

說　明

「男っぽい」是指女生很男孩子氣，若說一個人男孩子氣，一定是在對方是女生的情況下才會說。

「男らしい」是指男生很有男子氣概，若說一個人有男子氣概，就是對方是男生，而且又有男生應有的個性。

「っぽい」：不屬於該類，卻具有該類的感覺或氣質。

「らしい」：屬於該類，非常有該類的感覺或氣質。

「っぽい」的用法

➩ 彼は飽きっぽい。

他對事物容易厭煩。

➩ 女の子っぽくて、可愛いです。

很像女生，很可愛。

➩ 彼女の性格は男っぽくて爽やかで気さくな感じです。

她的個性很男孩子氣，十分爽朗坦率。

「らしい」的用法

例句

A 福山(ふくやま)さんはかっこういい！

福山先生真帥！

B でも、木村(きむら)さんのほうが男(おとこ)らしいよね。

不過，木村先生比較有男子氣概。

➪ 女(おんな)らしくない。

沒有女人味。

➪ 田村君(たむらくん)らしくないよ。

一點也不像田村會做的事。

➪ 春(はる)らしい天気(てんき)になった。

真正的春天來了。

track 082

嬉しい
高興

楽しい
有趣／快樂

說　明

「嬉しい」和「楽しい」都有「開心」「快樂」的意思。但一個說自己內心的感受，一個是說事物給人的感覺。用法有點不同：

「嬉しい」：指自己內心的感受，覺得很開心。
「楽しい」：指事物給人的感覺，事物很有趣。

「嬉しい」的用法

例　句

A これ、手作りの手袋です。気に入っていただけたら嬉しいです。
這是我自己做的手套。如果你喜歡的話就好。

B ありがとう。かわいいです。
謝謝。真可愛耶！

➪ 嬉しくて仕方がないのです。

開心得不得了。

➪ お会いできて本当に嬉しいです。

能夠見到你，我真的感到很開心。

「楽しい」的用法

例 句

A 今日は楽しかった。

今天真是開心。

B うん、また一緒に遊ぼうね。

是啊，下次再一起玩吧！

➪ 一人暮らしは楽しいです。

一個人生活是很快樂的。

➪ 楽しい日々を過ごした。

每天都過著快樂的日子。

track 083

まで
（時間範圍）到

までに
（期限）到（…為止）

說 明

「まで」和「までに」都有「到」的意思，但兩者的用法有些不同，比較如下：

「まで」：指動作持續的時間，動作是持續的。
「までに」：指到期的時間，最後的時間點，動作是一瞬間的。

「まで」的用法

例 句

A いいからしまいまで聞(き)け！
總而言之先聽我說完。
（聽的動作一直持續到最後）

B ごめん。
對不起。

➪ 何時頃(なんじごろ)までかかりそうですか。

要弄到幾點呢？

（問動作會一直持續到幾點）

「までに」的用法

例句

A レポートは金曜日(きんようび)までに出(だ)してください。

請在星期五之前交出來。

（交出來是一瞬間的動作，星期五是最後期限的時間點）

B はい、わかりました。

好，我知道了。

➪ 月末(げつまつ)までには確(たし)かにお返(かえ)しします。

月底我確定會還給你。

（歸還是一瞬間的動作，月底是期限的時間點）

➪ 来年四月(らいねんしがつ)までに完成(かんせい)する予定(よてい)だ。

預計明年四月完成。

（完成是一瞬間的動作，四月是完成的時間點）

track 084

彼(かれ)はただの知(し)り合(あ)いです

他是我認識的人

彼(かれ)は私(わたし)の友達(ともだち)です

他是我的朋友

彼(かれ)は私(わたし)の親友(しんゆう)です

他是我的好朋友

說　明

在日文中，朋友依親密的程度，使用的詞也不同：

「知(し)り合(あ)い」：只是打過照面，一點都不熟。
「友達(ともだち)」：認識，而且平常有來往。
「親友(しんゆう)」：好朋友。

「知(し)り合(あ)い」的用法

例　句

A さきの女(おんな)は誰(だれ)。

剛剛那個女的是誰？

B ただの知(し)り合(あ)いだよ。誤解(ごかい)しないで。

只是不熟的朋友，別誤會。

➪ 田中さんとはお知り合いですか。

我和田中只是認識並不熟。

➪ 知り合いといってもそんなに親しいわけではありません。

說是認識其實根本就不熟。

「友達」的用法

例　句

Ⓐ ねえ、僕の小遣いは少なすぎるよ。

我的零用錢太少了啦！

Ⓑ そんなことないわよ、みんなと同じくらいでしょう。

才沒有這回事呢！和大家差不多吧！

Ⓐ でも、うちの友達の平均からするとすずめの涙だよ。

可是，和我朋友的平均比起來，就微乎其微。

Ⓑ えっ、そうなの？

真的嗎？

➪ 今日は手が空くから、久しぶりに友達と映画に行った。

今天因為有空，所以久違地和朋友去看電影。

➪ 今まで通り友達でいてください。

像現在這樣當朋友就好。

「親友（しんゆう）」的用法

➡ 親友（しんゆう）だからこそ、言（い）える事（こと）もあるし、言（い）えないこともあると思（おも）います。

我覺得正因為是好朋友，所以有能說的事，也有不能說的事。

➡ お互（たが）い助（たす）け合（あ）えるような親友（しんゆう）が私（わたし）にはいます。

我有能夠互相幫助的好友。

➡ 私（わたし）にとって、親友（しんゆう）と呼（よ）べる人（ひと）は、一人（ひとり）もいません。

對我來說，能稱得上是好友的人，一個都沒有。

track 085

雰囲気がいいです
氣氛很好

空気を読めます
察顏觀色

気分が悪いです
身體不舒服

說明

在日文裡，「雰囲気」和「空気」是指「氣氛」，而「気分」則是指心情或是身體狀況。

「雰囲気」：整體營造出的氣氛。
「空気」：氣氛（和「雰囲気」同義）、事態、當場的感覺。有察顏觀色的感覺。
「気分」：心情、身體的狀況

「雰囲気」的用法

➡ 雰囲気に飲まれて実力を発揮できなかった。
被現場的氣氛所壓倒而無法發揮實力。

➡ 会場に緊張した雰囲気が漂っています。
在會場充滿著緊張的氣氛。

➩ 家庭的な落ち着いた雰囲気のお店です。

有著居家讓人感到安詳的氣氛的店。

「空気」的用法

➩ 空気を読むことが大事です。

懂得察顏觀色是很重要的。

➩ その場の空気が読めない人は評価が低くなります。

不懂得察顏觀色的人通常會得到低的評價。

➩ 気まずい空気が流れている。

充滿著尷尬的氣氛。

「気分」的用法

➩ 気分転換のために映画を見に行った。

為了轉換心情所以去看了電影。

➩ 気分が悪くて学校を休みました。

因為身體不舒服所以向學校請假。

➩ 車に酔って気分が悪くなった。

因為暈車所以身體不舒服。

track 086

星がきらきらしています

星星閃亮

床をぴかぴかに磨きます

地板磨得很亮

說　明

「きらきら」和「ぴかぴか」都是亮晶晶的意思。但是「きらきら」有自然燦爛的感覺，而「ぴかぴか」則是人為讓它閃閃發光的感覺。

「きらきら」：燦爛耀眼。形容自然的事物。
「ぴかぴか」：閃閃發光。通常是用在人為的事物上。

「きらきら」的用法

➭ 星(ほし)がきらきらと光(ひか)っている。
星星閃爍著燦爛的光芒。

➭ 河(かわ)が月光(げっこう)できらきらしている。
河面因為月光而閃閃發亮。

➭ ダイヤモンドがきらきらしている。
鑽石發出耀眼的光芒。

➪ 希望（きぼう）にあふれて目（め）をきらきらと輝（かがや）かしています。

因為充滿了希望所以眼中散發出耀眼光芒。

「ぴかぴか」的用法

➪ 床（ゆか）がぴかぴかに光（ひか）っています。

地板閃閃發亮。

➪ 買（か）ったばかりのぴかぴかの車（くるま）。

剛買來閃閃發亮的車。

➪ ライトがぴかぴか光（ひか）っています。

燈光閃閃發亮。

track 087

音楽(おんがく)をかけます

播放音樂

音楽(おんがく)を聴(き)きます

聽音樂

説　明

播放音樂的動作，在日文裡是用「かけます」這個動詞。而一般聽音樂的動作，則是用「聴(き)きます」這個動詞。

「音楽(おんがく)をかけます」：播放音樂
「音楽(おんがく)を聴(き)きます」：聽音樂

「音楽(おんがく)をかけます」的用法

例　句

A 最近不眠気味(さいきんふみんぎみ)で疲(つか)れています。
最近有點失眠所以很累。

B じゃあ、ゆっくりした音楽(おんがく)をかけてみたり、自分(じぶん)に合(あ)ったアロマを焚(た)いてみたりしたらどうですか。
那麼，試著放些放鬆的音樂，點一些適合自己的精油如何呢？

➯ 音楽（おんがく）をかけて歌（うた）います。

播放音樂然後跟著唱。

➯ 好（す）きな音楽（おんがく）をかけて、ドライブ気分（きぶん）で町（まち）を駆（か）け回（まわ）る。

播放喜歡的音樂，在市區兜風。

「音楽（おんがく）を聴（き）きます」的用法

例　句

A 田中（たなか）さんの趣味（しゅみ）は何（なん）ですか。

田中先生的興趣是什麼呢？

B 音楽（おんがく）を聴（き）くことです。

我喜歡聽音樂。

➯ 1日（にち）3~4時間（じかん）、自宅（じたく）での勉強中（べんきょうちゅう）や電車内（でんしゃない）で音楽（おんがく）を聴（き）いています。

1天裡面有3~4小時，在家裡讀書或是在電車裡面會聽音樂。

➯ 音楽（おんがく）を聴（き）いて元気（げんき）が出（で）たり癒（いや）されたりなどと感じている。

聽了音樂後，會感到有精神或是覺得被療癒。

➯ 音楽（おんがく）を聴（き）きながらケータイでメールをしている人（ひと）を多（おお）く見（み）かけます。

經常可以看到一邊聽音樂，一邊用手機傳送簡訊的人。

track 088

こえ
声
聲音(人、動物)

おと
音
聲音(非生物)

説　明

在中文裡面，不管是什麼東西發出的聲響，都稱為聲音。但是在日文裡，「声（こえ）」是指人或動物等生命體發出的聲音。而「音（おと）」則是指沒有生命的事物發出的聲音。使用的時候要多加留意。

「声（こえ）」：人或動物、昆蟲等會動的生物所發出的聲音。
「音（おと）」：非生物所發出的聲響。

「声（こえ）」的用法

例　句

A なんか変（へん）な音（おと）がしていないか？
是不是有什麼奇怪的聲音啊？

B さあ、下（した）の階（かい）で飼（か）っている犬（いぬ）の鳴（な）き声（ごえ）かも。
不知道耶，大概是樓下的狗叫聲吧。

➪ 声を出して。

請大聲一點。

➪ 声を掛けてはじめて人違いだと分かった。

出聲打招呼後就發覺認錯人了。

➪ 大きい声で歌ってほしいです。

希望對方大聲的唱。

➪ 大きい声で歌ってしまいました。

不小心用很大的聲音唱了出來。

➪ 女の子は小さい声でしくしく泣いていた。

小女生用細微的的聲音啜泣著。

➪ 彼は大声であはははと笑う。

他哈哈大笑著。

「音」的用法

例　句

A あのう…ゲームする音がちょっと大きいんですが、もう少し、小さくしてもらえないでしょうか？

呃…打電動的聲音有點大，可以請你調小聲一點嗎？

B あっ、すみません。気がつかなくて。すぐ小さくします。

哎呀！對不起，我沒有注意到。我馬上調小聲。

➪ 車の音がうるさいです。

車子的聲音很吵。

➪ テレビの音を小さくしてください。

請把電視的聲音調小。

➪ 波の音が聞こえます。

可以聽到海浪的聲音。

➪ 音を立てている。

發出聲音。

➪ 音を立てて食べるのは無作法だ。

吃東西發出聲音是不禮貌的。

track 089

スポーツが下手(へた)です

不擅長運動

成績(せいせき)が悪(わる)いです

成績很差

説明

「下手(へた)」和「悪(わる)い」都是指很差的意思。但是「下手(へた)」是指技術、能力很「不高明」、「笨拙」。而「悪(わる)い」則是指具體的成績、效能是「壞的」、「不好的」。

「下手(へた)」：指技術、能力不高明；不擅長某件事情。
「悪(わる)い」：指成績、績效、成果不好。

「下手(へた)です」的用法

例句

A 前田(まえだ)さんの趣味(しゅみ)は何(なん)ですか？

前田先生的興趣是什麼？

B ゴルフが好(す)きですが、下手(へた)の横好(よこず)きです。

我喜歡高爾夫，但還不太拿手。

➪ 母(はは)は料理(りょうり)が下手(へた)です。

媽媽不擅長烹飪。

➪ 私は人付き合いが下手です。

我不擅長和人交際。

➪ あそこの医者は下手です。

那裡的醫生技術很差。

「悪いです」的用法

例　句

A こちらは102号室です。エアコンの調子が悪いようです。

這裡是102號房，空調好像有點怪怪的。

B 申し訳ありません。ただいま点検します。

真是深感抱歉，我們現在馬上檢查。

例　句

A あの人、付き合い悪いから、誘ってもこないかも。

那個人，因為很難相處，就算約他也不會來吧。

B そうかもね。

也許是這樣吧。

例　句

A 顔色が悪いです。大丈夫ですか？

你的氣色不太好，還好嗎？

B ええ、大丈夫(だいじょうぶ)です。ありがとう。

嗯，我很好，謝謝關心。

➪ 車(くるま)の調子(ちょうし)が悪(わる)いです。

車子的狀況怪怪的。

➪ 山田選手(やまだせんしゅ)は最近調子(さいきんちょうし)が悪(わる)いみたいです。

山田選手最近狀況好像不太好。

➪ とても感(かん)じが悪(わる)い。

印象很糟。／感覺很糟。

track 090

いい匂(にお)いです

很香

変(へん)な臭(にお)いがします

有奇怪的臭味

においます

散發味道

說 明

「におい」這個念法，可以用來形容香味，也可以用來形容臭味。如果寫成「匂(にお)い」，那麼指的就是香味。如果寫成「臭(にお)い」，那麼指的就是讓人不舒服的臭味。在會話中，可以依照對話者的反應、前後對話內容，來分辨對方指的是香味還是臭味。

另外，把「におい」這個字變成動詞就是「におます」，指的是發出味道的意思；這個動詞也可以有「發出香味」和「發出臭味」這兩種用法。

「匂(にお)い」：香味。
「臭(にお)い」：臭味。
「におます」：發出味道。

「匂(にお)い」的用法

例句

A ご飯(はん)ができましたよ。

飯煮好囉。

B わぁ、いい匂(にお)いがする！いただきます。

聞起來好香喔！我要開動了。

➡ この花(はな)のにおいがいいです。

這朵花很香。

➡ 香水(こうすい)のにおいがいい。

香水的香味很好聞。

➡ コーヒーの匂(にお)いがします。

有咖啡的香味。

「臭(にお)い」的用法

➡ 外(そと)から変(へん)な臭(にお)いがする。

從外面傳來臭味。

➡ このパン、すっぱい臭(にお)いがします。

這個麵包，有酸酸的臭味。

➡ 部屋(へや)の臭(にお)いを消(け)します。

除去房間的臭味。

➪ 焼肉の臭いが服に移ってしまった。
燒肉的臭味沾在衣服上。

「においます」的用法

例　句

Ⓐ くさい。
好臭喔！

Ⓑ えっ？
咦？

Ⓐ あなた、酒を飲んだんでしょう。ぷんぷんにおってわるよ。
你喝了酒對不對？臭氣沖天！

➪ バラの花がにおってます。
玫瑰散發出花香。

➪ この花はよくにおいますね。
這朵花發出了很濃的香味。

➪ ガスがにおいます。
發出瓦斯的臭味。

track 091

外人(がいじん)さんがいます

有外國人

赤(あか)の他人(たにん)です

陌生人

說　明

日文裡，「外国人(がいこくじん)」又可以稱為「外人(がいじん)」。而中文裡面的「外人」「陌生人」，在日文裡則是「他人(たにん)」。

「外人(がいじん)」：外國人。
「他人(たにん)」：外人、陌生人。

「外人(がいじん)」的用法

➪ 駅前(えきまえ)で外人(がいじん)に絡(から)まれた。
在車站前被外國人找麻煩。

➪ 仕事(しごと)で仲(なか)の良(よ)い外人(がいじん)さんがいます。
在工作上有交情不錯的外國人。

➪ あの外人(がいじん)さんは半額(はんがく)のシールを貼(は)る作業(さぎょう)をしている店員(てんいん)さんをじっと見(み)つめている。
那個外國人直盯著正在貼半價貼紙的店員看。

「他人（たにん）」的用法

➪ この仕事（しごと）のつらさは他人（たにん）にはわからない。
這工作的辛苦不是外人能了解的。

➪ 他人（たにん）のことばかり気（き）にします。
光是注意別人的事情。

➪ 他人（たにん）について行（い）ってはいけませんよ。
不可以跟著陌生人走喔！

➪ 遠（とお）くの親戚（しんせき）より近（ちか）くの他人（たにん）。
遠親不如近鄰。

track 092

口(くち)が開(あ)きます

打開嘴巴

唇(くちびる)をなめます

舔嘴唇

この鳥(とり)の嘴(くちばし)は長(なが)いです

那隻鳥的喙很長

説　明

「口(くち)」、「唇(くちびる)」和「嘴(くちばし)」看起來都很像是中文裡面「嘴巴」的意思。但其實在日文裡，它們三個單字指的是不太相同的部分。

「口(くち)」：嘴巴。
「唇(くちびる)」：嘴唇。
「嘴(くちばし)」：鳥喙。

「口(くち)」的用法

例　句

A つい口(くち)が滑(すべ)っちゃって、ごめん。

不小心就說溜嘴了，對不起。

B おしゃべり！

你這個大嘴巴！

例　句

A 恵美（えみ）ちゃん、ひどいよ。

恵美你很過分耶！

B えっ、何（なに）？

怎麼了嗎？

A あれだけ強（つよ）く言（い）ったのに、私（わたし）の秘密（ひみつ）をみんなの前（まえ）で話（はな）してたんでしょう。あなた本当口（ほんとうぐち）が軽（かる）すぎるよ。

我明明就特別叮嚀過，你還是把我的祕密告訴大家了，你真是大嘴巴耶！

B ごめん。

對不起。

➪ 彼（かれ）は口（くち）の中（なか）で何（なに）かぶつぶつ言（い）っています。

他嘴巴裡念念有詞。

➪ 口（くち）を閉（と）じておとなしく聴（き）け。

給我閉上嘴巴安靜地聽。

「唇（くちびる）」的用法

➪ 異性（いせい）の唇（くちびる）はどんな唇（くちびる）が好（す）きですか。

喜歡什麼樣的異性嘴唇呢？

➪ 唇(くちびる)を震(ふる)わせた。

嘴唇顫抖。

➪ 惹(ひ)き込(こ)まれてしまいそうな美(うつく)しい唇(くちびる)。

彷彿會被吸引住的美麗雙唇。

「嘴(くちばし)」的用法

➪ その鳥(とり)がどんな食(た)べ物(もの)を取(と)っているかによって嘴(くちばし)の形(かたち)もかなり違(ちが)ってきます。

根據鳥類攝取的食物不同，牠們的鳥喙形狀也大相逕庭。

➪ 大(おお)きくて黄色(きいろ)い嘴(くちばし)が目(め)だつ鳥(とり)。

有著醒目黃色大鳥喙的鳥。

• track 093

かいだん
階段
樓梯

だんかい
段階
階段

說　明

「階段（かいだん）」是「樓梯」的意思，而中文裡面的「階段」，在，日文裡則是「段階（だんかい）」。

「階段（かいだん）」：樓梯。
「段階（だんかい）」：階段。

「階段（かいだん）」的用法

例　句

A 大丈夫（だいじょうぶ）？どうしたの？
你還好吧？發生什麼事了。

B 昨日（きのう）、階段（かいだん）から転（ころ）んじゃって捻挫（ねんざ）になった。
昨天，我從樓梯上跌下來扭傷了。

➪ 階段（かいだん）でこけて、歯（は）を怪我（けが）した。
在樓梯上跌倒，牙齒受傷了。

➪ 階段(かいだん)を上(のぼ)って3階(かい)へ行(い)く。

上樓梯到3樓。

「段階(だんかい)」的用法

➪ 今(いま)の段階(だんかい)では無理(むり)です。

在現在這個階段是不可能的。

➪ 調査(ちょうさ)の結果(けっか)はまだ発表(はっぴょう)の段階(だんかい)に達(たっ)しない。

還沒有到達可以發表調查結果的時機。

➪ 市内循環(しないじゅんかん)バスの路線(ろせん)や時刻(じこく)を段階的(だんかいてき)に変更(へんこう)します。

市內循環公車的路線和時刻分階段性地做變更。

track 094

作業(さぎょう)します

進行(工作)作業

宿題(しゅくだい)をやります

寫作業

説　明

在中文裡，「作業」有兩種意思，一是指工作的作業程序，一是指回家功課。而在日文裡，「作業(さぎょう)」只有「工作的程序」之意。若是要講回家功課之類的作業，在日文裡是用「宿題(しゅくだい)」這個字。

「作業(さぎょう)」：工作程序、操作
「宿題(しゅくだい)」：功課。

「作業(さぎょう)」的用法

➮ 作業(さぎょう)の能率(のうりつ)を高(たか)める。

提高工作效率。

➮ 一斉(いっせい)に作業(さぎょう)を始(はじ)めます。

同時開始作業。

➮ 匠(たくみ)が一個一個(いっこいっこ)手作業(てさぎょう)で作(つく)り上(あ)げた逸品(いっぴん)です。

這是專家們一個個手工製作的夢幻精品。

➪ この作業が1つあたり30秒かかる。
這項作業做一個商品要30秒。

➪ なかなか作業が捗らなくなる。
工作沒有什麼進展。

「宿題」的用法

例句

A 朝からため息ばっかりしていて、どうしたんですか？
從早上開始就一直嘆氣，你怎麼了？

B 今朝電車に宿題を忘れてしまったんです。
早上我把作業忘在電車裡了。

A あらっ、それは大変です。
那真是太糟了！

➪ 宿題を家に忘れてしまった。
我把功課放在家裡了。

➪ 宿題は全部できた。
功課全部寫完了。

➪ 宿題を金曜日までに提出してください。
作業請在星期五之前交出。

➪ この問題は宿題にしておこう。
把這個問題當作作業吧。

track 095

プリントを配(くば)ります

發講義

講義(こうぎ)を聴(き)きます

聽講課

說 明

日文裡的「講義(こうぎ)」並不等同於中文裡的「講義」。在日文裡，「講義(こうぎ)」是表示「課程」的意思，一般是指大學或是專業領域的課程。而在日文裡，上課所發的講義，是用「プリント」，這個字可以用來泛指所有印刷資料。

「プリント」：印刷品、講義。
「講義(こうぎ)」：課程。

「プリント」的用法

例 句

A 田中君(たなかくん)、このプリントを皆(みな)に配(くば)っておいてください。
田中，請把這份講義事先發給大家。

B はい。
好的。

➪ 高2用と中1用の授業プリントを1枚ずつ公開しましょう。

分別公開1張高2和中學1年級的上課講義。

➪ これは高校の国語の授業で配布したプリントです。

這是高中國語課所發的講義。

「講義」的用法

➪ 講義を受けます。

聽課。／上課。

➪ 講義に出席します。

上課。

➪ 日本文学について講義します。

針對日本文學進行講課。

➪ 数学の講義をします。

上數學課。

➪ 講義のノートをとりました。

記下課程的筆記。

➪ 今回の講義をサボります。

蹺掉這次的課。

➪ 講義を担当します。

負責課程。

• track 096

しか

只有

だけ

只有

說 明

「しか」是「只」的意思，是限定程度、範圍的說法。在使用「しか」的時候，後面一定要用否定句，就如同是中文裡面的「非…不可」的意思。

「だけ」則是限定範圍、種類、分量。及表示程度、比例變化。

「しか」和「だけ」的中文意思雖然都是「只有」，但是從例句中可以看出兩者使用方式的不同。

「しか」：後面接否定。

「だけ」：後面可以是否定也可以是肯定。

「しか」的用法

➪ 肉(にく)しか食(た)べません。

非肉不吃。／只吃肉。

➪ 水(みず)しか飲(の)みません。

非水不喝。／只喝水。

➩ 教科書（きょうかしょ）しか読（よ）みません。

非教科書不看。／只看教科書。

➩ 漫画（まんが）しか読（よ）みません。

非漫畫不看。／只看漫畫。

➩ 仕事（しごと）しか考（かんが）えません。

非工作不想。／只想著工作。

➩ 日本（にほん）しか行（い）きません。

非日本不去。／只去日本。

➩ 弟（おとうと）と三（み）つしか違（ちが）わないのに、何（なに）を考（かんが）えているか、さっぱりわからないよ。

我和弟弟雖然只差3歲，但我卻完全不知道他在想什麼。

「だけ」的用法

例　句

A 頼（たのむ）から、タバコだけはやめてくれ。

拜託你，什麼都可以但把煙戒了吧。

B それは無理（むり）！

不可能。

➩ うっちゃんだけが好（す）きです。

我只喜歡小內。

- 信号(しんごう)が青(あお)いときだけ渡(わた)れます。
  只有在燈號是綠色時才可以走。
- 免許(めんきょ)だけ見(み)せてください。
  只要給我看駕照就好。
- 生(なま)ものだけ食(た)べられません。
  只有生食不敢吃。
- できるだけやってみたいです。
  想盡最大的力量試試看。

track 097

また来ます

會再來

まだ来ません

還沒來

說　明

「また」和「まだ」的念法雖然相近，但是意思完全不同。在使用的時候，要記清楚哪一個有濁音，哪一個沒有。

「また」：再、重複。
「まだ」：尚未、還沒、還差得遠。

「また」的用法

例　句

A 今日もオレンジジュースを飲みたいなあ。

今天也想喝柳橙汁。

B また？毎日飲むのはもう飽きたよ。

還喝啊！每天都喝，我已經膩了！

例　句

A またカップラーメン？勘弁してよ。

又要吃泡麵？饒了我吧。

B 料理を作る暇がないから。
因為我沒時間作飯嘛！

➩ あのおしゃべりがまた告げ口をしたな。
那個大嘴巴又亂說八卦了。

例　句

A また失敗しちゃった。
又失敗了！

B 気にしない、気にしない。
別在意，別在意。

例　句

A 楽しい時間がすごせました。ありがとうございました。
我渡過了很開心的時間，謝謝。

B また遊びに来てくださいね。
下次再來玩吧！

➩ またメールしてね。
請再寄mail給我。

➩ また遊ぼうね。
再一起玩吧！

➩ じゃ、また。
下次見。

「まだ」的用法

例　句

A お兄ちゃんはまだ？
哥哥他還沒回來嗎？

B 今日は遅くなるって言った。
他說今天會晚一點。

例　句

A もう食べましたか？
你吃了嗎？

B いいえ、まだです。
不，還沒。

例　句

A お母さん、まだかなあ？
媽，還沒有好嗎？

B もうすぐ終わるから、待っててね。
馬上就好了，再等一下喔！

例　句

A 日本語が上手ですね。
你的日文真好呢！

B いいえ、まだまだです。
不，還差得遠呢！

例　句

A 一緒に帰ろうか？

要不要一起回家？

B 仕事がまだ終わらないから帰るわけには行かないよ。

工作還沒做完，沒有理由回家啊！

例　句

A 橋本さんはまだですか？

橋本先生還沒來嗎？

B 昨日電話で必ず来ると言っていたのに。

明明昨天電話裡他說一定會來的。

例　句

A まだ勉強中なので、間違っているかもしれませんが、許してくださいね。

我還在學習，也許會有錯誤的地方，請見諒。

B いいえ、こちらこそ。

彼此彼此。

➪ まだ初心者なので、許してください。

還是初學者，請見諒。

➪ まだ考えています。

我還在想。

➪ まだやめてない？

還不放棄嗎？

➪ ご飯はまだ？

飯還沒煮好嗎？

➪ 原因はまだはっきりしない。

原因還不清楚。

足の細い人

腳很細的人

痩せている人

很瘦的人

說　明

在日文中，形容事物很細、很瘦，是用「細い」。但是這個形容詞卻不可以單獨放在「人」這個名詞前面。如果是要說「很瘦的人」，就要用「痩せている人」，以「痩せている」表示瘦的狀態，而不能用「細い人」。「細い」和「痩せます」的分別如下：

「細い」：形容詞，形容事物很細長、纖細。
「痩せます」：動詞，表示變瘦的動作。

「細い」的用法

➡ 体つきは細いがスタミナはあります。

身形雖然纖細但是很有精神。

➡ 髪が細い。

頭髮很細。

➡ 食が細いです。

食量很小。

➪ 細(ほそ)い声(こえ)で話(はな)しています。

用很小的聲音在講話。

➪ 彼女(かのじょ)の目(め)は長細(ながほそ)いです。

她的眼睛很細長。

➪ 彼(かれ)の指(ゆび)は細(ほそ)くて長(なが)いです。

他的手指很細長。

「痩(や)せます」的用法

➪ 痩(や)せて背(せ)の高(たか)い人(ひと)。

又瘦又高的人。

➪ 病気(びょうき)をしてからだいぶ痩(や)せた。

因為生病所以瘦了很多。

➪ ダイエットをしているのにぜんぜん痩(や)せられません。

明明有在減肥卻瘦不下來。

➪ 大食(おおぐ)いなのに痩(や)せている。

明明吃很多卻很瘦。

➪ 友達(ともだち)は見(み)える所(ところ)は痩(や)せているけど、隠(かく)れている所(ところ)は太(ふと)っている。

我的朋友在看得到的地方雖然很瘦，但遮起來的地方很胖。

●track 099

乗(の)り換(か)えます

轉乘

かえます

變更

説　明

日語中的「乗(の)り換(か)えます」是「轉乘」的意思；「かえます」漢字可以寫成「変えます」、「換えます」、「替えます」、「代えます」，雖然也是「變更」的意思，但是通常是使用在形式、狀態或手段的轉換上。

「乗(の)り換(か)えます」的用法

➪ 別(べつ)の電車(でんしゃ)に乗(の)り換(か)えます。

轉乘別的電車。

➪ 電車(でんしゃ)を二度(にど)乗(の)り換(か)えます。

轉兩班電車。

➪ 横浜(よこはま)行(ゆ)きは品川(しながわ)で乗(の)り換(か)えです。

要往橫濱要在品川轉乘。

➪ 乗(の)り換(か)えのとき地下鉄(ちかてつ)を間違(まちが)えました。

轉乘的時候弄錯了地下鐵的路線。

➯ この線で行くと乗り換えが少ないです。

如果坐這條線的話，能轉乘的路線就比較少。

➯ 池袋駅で東上線から乗り換えて恵比寿駅へ行くのに山手線、埼京線のどちらがいいと思いますか。

你覺得坐東上線在池袋車站轉乘往惠比壽車站，該坐山手線還是埼京線比較好呢？

➯ ウィンドウズからマックに乗り換えてみました。

從微軟視窗系統換成蘋果系統。

(這時把「乗り換えます」引申為「轉換」的意思)

「かえます」的用法

➯ 交通手段を電車に変えます。

把通勤方式換成坐電車。

(指方式的變更)

➯ いつものやり方を変えてやってみます。

試著改變以往的作法。

➯ 車はぐっと急角度に向きを変えた。

車子突然改變了方向。

➯ あの事件が彼の人生を変えました。

那個事件改變了他的人生。

➪ 電球(でんきゅう)の玉(たま)を換(か)えました。

換燈泡。

➪ この一万円札(いちまんえんさつ)を千円札(せんえんさつ)10枚(まい)に替(か)えてください。

把這張一萬圓紙鈔換成10張千元鈔。

➪ 背(せ)に腹(はら)は代(か)えられない。

燃眉之急。

➪ 席(せき)を替(か)えます。

換位子。

•track 100

かつお を 削 (けず) ります
削柴魚

皮 (かわ) を 剥 (む) きます
削皮

說 明

在中文裡，我們會說「削蘋果」、「削鉛筆」，但在日文中，若是水果的皮，通常是用「剥 (む) きます」，而非「削 (けず) ります」。

「削 (けず) ります」：用刀削、刨。
「剥 (む) きます」：剝、削掉外面的皮。去掉蔬果類的皮時，用「剥 (む) きます」。

「削 (けず) ります」的用法

➪ 高 (たか) いところを鍬 (くわ) で削 (けず) って平 (たい) らにします。
凸起的地方用鐵鍬鏟平。

➪ ナイフで木材 (もくざい) を削 (けず) ります。
用刀子削木材。

➪ 予算 (よさん) を大幅 (おおはば) に削 (けず) りました。
預算被大幅刪除。

➪ 身を削るような思いをしました。

飽嘗艱辛。

➪ 余計な部分を削ります。

刪掉多餘的部分。

➪ 与党と野党がしのぎを削って戦っています。

執政黨和在野黨激烈地交鋒。

（しのぎを削る：交鋒、爭論）

➪ 子供の頃には、朝は、かつおを削っている音とそれで作った味噌汁とわらの納豆が基本だった。

小時候，每天早上都會聽到削柴魚的聲音，並且吃用柴魚片做的味噌湯和納豆。

「剥きます」的用法

例句

A 私も何かお手伝いしましょうか。

需要我幫忙嗎？

B そうですか。じゃあ、こっちのりんごの皮を剥いてもらえますか。

這樣嗎？那你可以幫我削這些蘋果的皮嗎？

A 任せてください。おやすいご用です。

交給我吧，小事一樁。

➩ 木(き)の皮(かわ)を剝(む)きました。

剝掉樹皮。

➩ えびの皮(かわ)を剝(む)くかどうかはお好(この)みで。

依個人喜好決定要不要剝掉蝦殼。

➩ 渋柿(しぶがき)の皮(かわ)を剝(む)いて干し柿(がき)を作(つく)りました。

把澀柿子的皮削掉做成柿子乾。

➩ バナナの皮(かわ)を剝(む)きます。

剝香蕉皮。

track 101

列に並びます

排隊

列を作ります

排成長列

說明

「列に並びます」、「列を作ります」都有排隊的意思，但還是有些微的不同。「列に並びます」是指人排在隊伍中；「列を作ります」則是指許多人排成了一列隊伍的現象。

「列に並びます」：人在隊伍裡排隊，指排隊的動作。
「列を作ります」：許多人排成長列，指許多人排隊的現象。

「列に並びます」的用法

➪ 列に並んで順番を待つ。
排到隊伍中等待。

➪ 彼は銀行のＡＴＭの列に並んでいる時でも、友達が出来る。
他即使是在排隊等自動提款機時都可以交到朋友。

➪ チケットの引換の列に並んでいます。
排隊等待換票。

➡ 買うものが決まっている私は子供と一緒にレジの列に並んでいました。

已經決定要買什麼的我，和小朋友們一起在收銀台前面排隊。

➡ どれほど長い列に並んでも、日本館で展示されているロボットは必ず見たい。

不管要排再怎麼長的隊伍，都一定要看到日本館展示的機器人。

「列を作ります」的用法

➡ 週末にはこのスィートコーンを求めるファンが農家の直売所に列を作ります。

週末時，想要買這種甜玉米的客人就會在農家的直營賣場前排成長列。

➡ 先着順で入場列を作ります。

依照先後到場的順序，排成入場的隊伍。

➡ 桜の前に新入生の皆さんが列を作ります。

新入生們在櫻花樹前排隊。

➡ 昼はカツ丼を食べに来る客が長蛇の列を作ります。

白天時，為了吃豬排飯而來的客人排成了長龍。

➡ 多数の乗客が精算所に列を作ります。

許多乘客在補票處前面排隊。

頭(あたま)が痛(いた)いです

頭痛

頭痛(ずつう)がします

頭痛

說 明

「頭(あたま)が痛(いた)いです」就等於是「頭痛(ずつう)がします」的意思。但在使用的時候，不可以把兩個句子混合使用，以免造成意思重複。另外，「頭(あたま)が痛(いた)いです」也有「因煩惱而感到頭痛、困擾」的意思，若是要用在表示困擾的時候，就不能使用「頭痛(ずつう)がします」，而要用「頭(あたま)が痛(いた)いです」。

「頭(あたま)が痛(いた)いです」的用法

➩ 寝(ね)ているとき、頭(あたま)が痛(いた)くて目(め)が覚(さ)めました。

睡覺的時候，因為覺得頭痛而醒來。

➩ 頭(あたま)が痛(いた)くて、がんがんする。

頭很痛，嗡嗡作響。

➩ 頭(あたま)が痛(いた)くて学校(がっこう)に行(い)けない。

頭很痛所以沒辦法去上學。

➩ 頭が痛いので頭痛薬下さい。

因為頭很痛，所以請給我頭痛藥。

➩ あまりに頭が痛いので早退しちゃいました。

因為頭太痛了，所以早退。

➩ ガソリン高騰で頭が痛いので自転車購入を考えてます。

因為油價高漲的問題讓人頭痛，所以考慮要買通腳踏車。
（這裡的「頭が痛い」是指煩惱的意思）

「頭痛がします」的用法

➩ たびたび頭痛がする。

經常都會頭痛。

➩ 1 ケ月も頭痛が続くのなら、一度、病院で見てもらった方がよいかもしれません。

如果頭痛持續一個月的話，最好還是去一趟醫院。

➩ 頭痛が毎日のように仕事中に起こります。

幾乎每天工作中都會頭痛。

➩ 頭痛がしても、どうしても休めない、やらなくてはいけない仕事があります。

因為有非做不可的工作，所以就算頭痛也不能休息。

➪ 2週間前から頭痛がして、風邪薬と頭痛薬を飲んでいたんですが、治りませんでした。

從兩週前就開始頭痛，雖然吃了感冒藥和頭痛藥，但卻不見起色。

track 103

深刻（しんこく）

嚴肅／嚴重

深い（ふかい）

深

說　明

在中文裡的「深」，和日文裡的「深い（ふかい）」同義。但是在日文裡，「深刻（しんこく）」的意思，卻不完全等於是中文裡「深刻」的意思。日文裡的「深刻（しんこく）」，指的是事態嚴重、沉重、嚴肅的意思。

「深刻（しんこく）」：嚴肅、嚴重。通常是用在形容「問題」、「狀況」。

「深い（ふかい）」：深。

「深刻（しんこく）」的用法

➪ そんなに深刻（しんこく）ぶった顔（かお）をしないでよ。
別一臉嚴肅嘛。

➪ そんな深刻（しんこく）そうな顔（かお）して相談（そうだん）って一体何（いったいなん）なんだ。
繃著一張臉說要商量，到底是什麼事？

➪ ここまで深刻になってしまったことは残念です。

事情變得這麼嚴重真是讓人遺憾。

➪ 人間にとって一番身近な「食」の分野での危機管理が深刻になっています。

對人類來說最貼近生活的「食」的領域的危機管理問題，變得愈來愈嚴重。

➪ 温暖化などの環境問題が深刻になっている。

地球暖化等環境問題變得很嚴重。

➪ 僕にはひとつ深刻な悩みがあります。

我有一個嚴重的煩惱。

「深い」的用法

➪ 嫉妬深い人が大嫌いです。

我討厭嫉妒心很重的人。

➪ 雪が深く積もっています。

雪積得很深。

➪ 観客に深い感動を与えました。

給觀眾很深的感動。

➪ あまり深く考えたことはありません。

沒有想過那麼多。

（沒有想到那麼深的一面）

➪ 彼女(かのじょ)は深(ふか)いため息(いき)をついた。

她深深地嘆了一口氣。

➪ この木(き)は深(ふか)いところまで根(ね)を張(は)っています。

這棵樹的根伸到很深的地方。

➪ 椅子(いす)いに深(ふか)く腰掛(こしか)ける。

緊貼著椅背坐。

track 104

見舞い

探病

看病します

看護

說　明

在中文裡，會把去醫院接受診療稱為「看病」，但是日文裡的「看病します」指的則是照顧病人。若是中文裡「看病」的意思，則是「診察を受けます」。
而到醫院探病，則是「見舞い」，此外日本年中、年終時會問候親朋好友及客戶，則稱為「暑中見舞い」或「寒中見舞い」。

「見舞い」：探病。也有慰問之意，「暑中見舞い」或「寒中見舞い」。
「看病します」：看護。

「見舞い」的用法

➡ 入院中の課長を見舞いに行きました。
去探望住院中的課長。

➡ 見舞いに行っても会えません。
就算去探病也見不到面。

➪ お見舞いを遠慮させていただきます。

謝絕探病。

➪ 暑中お見舞い申し上げます。

謹表暑中慰問之意。

「看病します」的用法

➪ 母が優しく看病してくれました。

媽媽很溫柔地照顧生病的我。

➪ 病気の父を看病した。

照顧生病的父親。

➪ 心を込めて看病します。

付出心力看護。

➪ 母の看病をします。

照顧母親。

track 105

今日(きょう)は寒(さむ)いです

今天很冷。

水(みず)は冷(つめ)たいです

水是冰的。

涼(すず)しいです

很涼。

說　明

「寒(さむ)い」、「冷(つめ)たい」、「涼(すず)しい」都帶有「冷」的意思，但是在使用的方式上不太相同。

「寒(さむ)い」通常是用在天氣、人情上面，帶有不太愉快的感覺。

「冷(つめ)たい」則是指溫度較低，但是是客觀的形容，沒有不愉快的感覺，而是單純指溫度低。但若是用在形容態度、人際關係，則是有「冷淡」的意思。

至於「涼(すず)しい」，則是帶有「涼爽」的意思，所以通常是指舒適的涼意。

「寒(さむ)い」：指溫度、人情。通常帶有不愉快的感覺。如覺得天氣太冷，或是氣氛很冷。

「冷(つめ)たい」：用在溫度時，是指溫度低，但是沒有不愉快的感覺，而是單純指寒冷。用在態度、人際關係時，是指「冷淡」。

「涼(すず)しい」：涼爽，通常是用在舒適涼爽的感覺。

「寒い」的用法

➩ 寒いので防寒グッズを購入しました。
因為天氣冷，所以買了防寒商品。

➩ 今日は寒いです。
今天很冷。

➩ 最近はすっかり寒くなってきた。
最近變得很冷。

➩ 急に寒くなったりするので、みなさん風邪には気をつけてください。
天氣突然變冷了，大家要小心別感冒了。

➩ 寒くてふとんから出られない。
因為太冷了不想從棉被裡出來。

➩ 寒くなるとどうしても温かい飲み物とチョコが食べたくなります。
天冷的時候就會變得很想喝熱的飲料和吃巧克力。

「冷たい」的用法

➩ こんな暑い日は冷たいビールが飲みたい。
這麼熱的天就想冰啤酒。

➩ 冷たく感じます。

感覺很冷。／感覺很冷淡。

➩ 冷たい目で人を見ます。

用冷淡的目光看人。

➩ 手足が冷たいです。

手腳冰冷。

「涼しい」的用法

➩ 今日は涼しい一日でした。

今天是涼爽的一天。

➩ 朝夕はだいぶ涼しくなってきました。

早晚變得很涼爽。

➩ 涼しそうな生地の服。

質料看起來很涼爽的衣服。

track 106

流行(りゅうこう)します
流行

ファッション
時尚

說 明

中文裡的「流行」一詞，可以當名詞，也可以當動詞，在日文裡，「流行(りゅうこう)」也是相同的用法。
而「ファッション」指的則是「時尚」，只能當名詞用，不可以拿來當動詞。

「流行(りゅうこう)」：可以指時尚流行，也可以用來當作動詞，指流行於社會上。
「ファッション」：專指時尚，當名詞用。

「流行(りゅうこう)」的用法

➪ 流行(りゅうこう)を追(お)った服装(ふくそう)をします。
穿著流行的衣服。

➪ インフルエンザが流行(りゅうこう)しています。
流感正在流行。

➪ 年寄(としよ)りのあいだで大流行(だいりゅうこう)している。
在老人家之間很流行。

➪ 流行を追うのが苦手です。

不擅長追求流行。

➪ 若者は流行を追うのが好きです。

年輕人喜歡追求流行。

「ファッション」的用法

➪ メイクやファッションを変えてみたりもしましたが、どれが自分に合うのかよくわかりません。

雖然經常改變化粧和穿著，但不知道哪個最適合自己。

➪ ファッションにこだわります。

對時尚很有自己的堅持。

➪ 彼女はファッションセンスがいいです。

她很有時尚品味。

➪ 今旬なファッションアイテムはこれだ。

現在最流行的單品就是這個。

➪ お薦めのファッション雑誌を教えて下さい。

請推薦我好的時尚雜誌。

➪ ファッションに興味がある。

對時尚有沒興趣。

track 107

近視の度が強いです

近視度數很深

近視の度が弱いです

近視度數很淺

度が進みます

度數加深

説明

「度が強い」、「度が弱い」可以用在近視度數、酸鹼度、好感度等「度數」的表現上。而中文裡講的「近視度數加深」，在日文中則是用「度が進みます」。

「度が強い」的用法

- 近視の度が強いので、なるべくレンズの厚みが目立たないようにつくってほしい。
  因為近視度數很深，所以想要做鏡片不會厚得很明顯的眼鏡。

- レンズの度が強いせいで目が小さく見えます。
  因為鏡片度數很深，所以眼睛看起來很小。

➪ 度が強いので、サングラスを気軽に購入できない。

因為近視度數深，所以不能隨便買太陽眼鏡。

➪ 近視の度が強いため、二十代初めよりコンタクトレンズを装用してきた。

因為度數很深，所以二十出頭就開始戴隱形眼鏡。

「度が弱い」的用法

➪ 今あるめがねは度が弱いので外出には怖すぎるんです。

現在的眼鏡度數不夠，所以出門時很可怕。

➪ そのめがねは度が弱くてものがあまりハッキリとは見えない。

那副眼鏡度數不夠所以看不太清楚。

➪ 近視の度が弱い初期の単純近視は、適当な訓練、治療、生活習慣や環境の改善などによって、視力が改善することがあります。

近視度數不深的早期近視，透過適當的訓練、治療、生活習慣和環境的改善，有可能改善視力。

「度が進みます」的用法

➪ 最近また度が進んだような気がした。

覺得最近度數好像加深了。

➪ 近視の度が進んだのと同時に遠視が始まったみたいです。

近視度數加深的同時，好像也有了遠視。

➪ 度が進んだのか見えづらくなってきた。

是因為度數加深了嗎？變得不容易看清楚。

➪ 度が進んだので、レンズを取り替えました。

因為度數加深了，所以換了鏡片。

➪ 度が進んだのか、はっきり見えない。

是因為度數加深了嗎？看不太清楚。

➪ 昨年は受験勉強の追い込みで度が進んだようです。

去年因為忙於準備考試，所以度數加深了。

➪ 今一番困っているのは近視なのですが、大変度が進んだ事です。

現在最煩惱的是近視，度數大幅加深了。

お湯(ゆ)ください
請給我熱水

お水(みず)ください
請給我水

說　明

在日本的餐廳裡，通常是給冰水或是熱茶。因此說「お水(みず)」的話，通常店家端來的會是冰開水。如果想要求熱開水，就要說「お湯(ゆ)」。

「お湯(ゆ)」的用法

例　句

Ⓐ すみません、お湯(ゆ)ください。
不好意思，請給我熱水。

Ⓑ かしこまりました。
好的。

例　句

Ⓐ すみません、お湯(ゆ)ください。
不好意思，請給我熱水。

Ⓑ お待(ま)たせしました。熱(あつ)いので気(き)をつけてください。
讓您久等了。請小心燙。

例　句

A すみません、お湯ください。

不好意思，請給我熱水。

B 申し訳ございませんが当店ではそのようなサービスはございません。

很抱歉，本店沒有提供這種服務。

➩ 薬を飲むのでお湯ください。

因為要吃藥，請給我熱水。

➩ お水の代わりにお湯ください。

請給我熱水代替冰水。

➩ ミルク用にお湯ください。

請給我泡牛奶的熱開水。

「お水」的用法

例　句

A すみません、お水ください。

不好意思，請給我水。

B かしこまりました。水に氷はお入れしますか。

好的。請問要加冰塊嗎？

例　句

A お茶をお持ちしましょうか。

要上熱茶嗎？

B いいえ、お水ください。

不，請給我水。

例　句

A お、お水ください。

請、請給我水。

B はい、どうぞ。

好的。請喝。

A あぁ、生き返った。

啊，終於復活了。

➩ おいしいお水で作った麦茶。

用好喝的水泡的麥茶。

➩ 毎日2リットルくらいお水を飲むといいと聞きます。

聽說每天喝２公升的水對身體很好。

みにく
醜いです
醜

みっともないです
不成體統

說明

在日文裡，「醜い（みにく）」是「醜」的意思，而「みっともない」則是表示「不成體統」「上不了檯面」的意思。

「醜い（みにく）です」的用法

➪ 彼女（かのじょ）はそれほど醜い（みにく）顔（かお）はしていない。
她沒有那麼醜。

➪ 醜い（みにく）けどうちの子（こ）は世界一可愛い（せかいいちかわい）の。
雖然醜，但我家孩子是全世界最可愛的。

➪ この焼き菓子（やがし）は醜い（みにく）けど美味しい。
這個甜點雖然長得不好看但很好吃。

➪ 中年（ちゅうねん）になって腹（はら）が出（で）てきて醜（みにく）くなった。
到了中年肚子就凸出來變得很醜。

➪ この犬（いぬ）は醜い（みにく）けどかわいい。
這隻狗雖然醜但很可愛。

➡ 嫉妬は醜い行為です。

嫉妒是醜陋的行為。

「みっともないです」的用法

➡ いい年をして泣くとはみっともないよ。

都一把年紀了還哭真是不成體統。

➡ そんなみっともない服装はよせよ。

別穿那麼不成體統的衣服啦。

➡ あなたみたいなみっともない男と一緒に歩きたくないね。

我才不想和你這種上不了檯面的男生走在一起。

➡ そんな穴のあいたシャツ着ないでよ、みっともないから。

不要穿那種破了洞的襯衫啦，很不成體統耶。

➡ なんでこのわたしが、こんなみっともない格好をしなくちゃいけないのよ。

為什麼本大爺非得做這種不成體統的打扮不行呢？

track 110

スタイルがいい

身材好

かっこういい

打扮很帥／外型搶眼／很棒

說　明

在日文裡，「スタイル」除了是指風格、形狀外，也可以用來指「身材」。所以身材好可以說「スタイルがいい」。

至於「かっこう」的用法則更廣泛，通常是指一個人整體的行為、表現、外表、打扮。「かっこういい」也可以用來形容事物給人的感覺，接近中文裡「讚」「好帥」「好棒」的用法。

「スタイル」：指事物的風格、外型。以及人的「身材比例」。

「かっこう」：通常是指一個人整體的行為、表現、外表、打扮。也可以用來形容事物給人的感覺。

「スタイル」的用法

➪ 抜群(ばつぐん)のスタイルを誇(ほこ)ります。

以出色的身材為傲。

➩ この車のスタイルはあまり好きではない。
我不太喜歡這台車的外型。

➩ スタイルがよくて、やせている人にあこがれます。
很羨慕身材好又瘦的人。

➩ スタイルがよくて後ろから見たらモデルのようです。
身材很好，從後面看很像是模特兒。

➩ 美人でスタイルがいいです。
是美女身材又好。

➩ スタイルがよくてきれいな子です。
身材又好又漂亮的女孩子。

「かっこう」的用法

➩ 彼はかっこうよくてやさしいです。
他又帥又溫柔。

➩ こんなかっこうで失礼いたします。
我這身打扮真是失禮了。

➩ 彼はかっこうに気をつかわない。
他不在乎外表。

➩ いつもより派手なかっこうで出かけます。
以比平常華麗的打扮出門。

➩ いざという時(とき)に、戦(たたか)える人(ひと)はかっこういいです。

在重要時刻能夠奮戰的人很酷。

➩ 変(へん)な格好(かっこう)で歩(ある)きます。

用奇怪的樣子走路。

• track 111

恋人(こいびと)がいます

有男（女）朋友

愛人(あいじん)がいます

有外遇對象

説 明

在中文裡的「愛人」指的是男女朋友，但是日文裡的「愛人(あいじん)」，多半是用來指外遇對象，在使用的時候要小心。

在日文裡，說到男友，會用「彼氏(かれし)」或是「彼(かれ)」；說到女友，會用「彼女(かのじょ)」。而「恋人(こいびと)」則是統稱。

「恋人(こいびと)」的用法

例 句

A 大橋(おおはし)さん、昨日(きのう)の告白(こくはく)はどうしましたか。成功(せいこう)しましたか。

大橋先生，昨天你的告白如何了？成功了嗎？

B それが、だめだったんです。彼女(かのじょ)にはもう恋人(こいびと)がいました。

那個啊，失敗了。她已經有男朋友了。

A それは残念(ざんねん)でしたね。

那真是太可惜了。

➪ 恋人になってくれないかな。

可以當我男（女）朋友嗎？

➪ 恋人と友達と家族、どれを優先していますか。

情人、朋友和家人，哪個優先呢？

➪ 彼とは友達以上恋人未満の関係です。

我和他是超乎朋友但還不是情人的關係。

➪ 好きな人に恋人ができてしまいました。

我喜歡的人有男（女）朋友了。

➪ 恋人できたからって友達関係を疎かにするような人にはなりたくないと思う。

我不想變成見色忘友的人。

➪ 恋人がいるんですか。

你有男（女）朋友嗎？

➪ 俺には可愛い恋人がいるんだ。

我有一個可愛的女朋友。

「愛人」的用法

➪ 愛人と別れようと思っています。

我想要和外遇對象分手。

➪ 社長は愛人がいるみたいです。

社長好像有小老婆。

• track 112

肌(はだ)がかさかさします

皮膚很乾燥

声(こえ)はかすかすです

聲音很嘶啞

說　明

在日文裡的擬聲語、擬態語，十分地複雜，容易搞混。其中「かさかさ」和「かすかす」兩者雖然音近，但意思完全不同。

「かさかさ」：粗糙的感覺、不濕潤。
「かすかす」：聲音嘶啞。乾巴巴。

「かさかさ」的用法

➩ 顔(かお)がかさかさして気(き)になります。
覺得臉的皮膚變得很粗糙。

➩ 両手(りょうて)の内側(うちがわ)がかさかさしています。
兩手的內側很粗糙。

➩ 子供(こども)のほっぺたが赤(あか)くなって少(すこ)しかさかさしています。
小孩的臉頰變得紅紅的，有一點粗糙。

➩ 肌(はだ)がかさかさして潤(うるお)いがない。
皮膚很粗糙不濕潤。

➩ 息子(むすこ)の肌(はだ)がかさかさに乾燥(かんそう)するようになり、かゆがります。

兒子的皮膚變得很乾粗，會癢。

➩ 土(つち)がかさかさに乾(かわ)いています。

土地乾得粗粗的。

「かすかす」的用法

➩ 日(ひ)に当(あ)たってかすかすになった。

晒到太陽變得乾巴巴的。

➩ りんごがかすかすになった。

蘋果變得乾巴巴的。

➩ 泣(な)きすぎたせいか声(こえ)がかすかすになった。

哭得太過火了聲音嘶啞。

➩ 声(こえ)がかれて、翌日(よくじつ)にはかすかすになった。

聲音啞了，第二天變得很嘶啞。

➩ のどがかすかすで声(こえ)が出(で)ません。

喉嚨嘶啞聲音出不來。

➩ 一曲(いっきょく)だけ声(こえ)がかすかすになっちゃった。

才唱一首歌聲音就嘶啞了。

➩ 声(こえ)がかすかすになるまで応援(おうえん)した。

加油到聲音嘶啞為止。

track 113

ぶつぶつ言(い)います

念念有詞／嘟噥

文句(もんく)を言(い)います

抱怨

說　明

「ぶつぶつ言(い)います」：念念有詞、碎碎念。
「文句(もんく)を言(い)います」：抱怨。

「ぶつぶつ」的用法

➡ 年(とし)を取(と)るとみんな独(ひと)り言(ごと)をぶつぶつ言(い)うようになるのでしょうか。
是不是年紀大了就會一個人自言自語碎碎念呢？

➡ ひとりでぶつぶつ言(い)う。
一個人念念有詞。

➡ 何(なに)をぶつぶつ言(い)っているの。
你在嘟噥些什麼？

➡ ぶつぶつうるさいね。
一直念個不停吵死人了。

➪ 隣の人がぶつぶつうるさいけど気にしないことにする。

旁邊的人一直念個不停實在很吵，但我不在乎。

➪ 何かぶつぶつ独り言を言っていた。

一個人自言自語在說些什麼。

「文句」的用法

➪ 何かと文句を言う。

有什麼事就抱怨。

➪ 何か文句がありますか。

有什麼不滿嗎？

➪ 文句ばっかり言わないで。

不要一直抱怨。

➪ 文句ばっかり言いながら働いた20代。

一邊抱怨個不停一邊工作的二十幾歲青年們。

➪ 文句を言いつつもマックを使い続ける。

一邊抱怨但還是繼續用蘋果系統。

➪ 何かトラブルに遭遇しても文句を言わないで黙って耐えている。

不管遇到什麼麻煩都不要抱怨，沉默地忍耐吧。

track 114

「気」の使い方

「気」的用法

說　明

日文裡面的「気」有許多不同的意思，而它所引申出來的慣用語也很多，經常會讓人混淆，下面整理了日文裡常用的「気」的用法。

気が合う
氣味相投

➪ 今度の試験が済んだら、気が合う者同士で卒業旅行をしない？

這次的考試結束後，我們幾個氣味相投的朋友一起去畢業旅行如何？

気が強い
剛強／倔強

➪ 彼女は気が強いから、どんなに仕事がきつくても、泣き言を言わずやり通す。

她因為個性剛強，所以不管工作再怎麼辛苦，她都不會有怨言而會硬撐到底。

track 115

気が弱い

懦弱／怯懦

➪ 気が弱いと損な事も有ります。私は話し下手ですが人の話しをじっくり聞くタイプなので信頼されたりする事もあります。

個性怯懦也有壞處，但是我不擅長說話卻擅於傾聽，所以很受人信賴。

気が早い

性急／個性急躁

➪ 旅行は半年も先だと言うのに、もう旅行の準備なの？君もずいぶん気が早いね。

離旅行還有半年，就在準備了嗎？你也很性急呢！

気が短い

性急／容易生氣

➪ 彼は気が短いから、あんまり待たせると何を言い出すかわからない。

他因為容易生氣，讓他等太久的話，不知道他會說出什麼話來。

気が長い
漫長久遠／遙遙無期

➩ こちらは急ぎの仕事のつもりなんですが、あの人は、一年はかかりますなんて、気が長いことを言っているんです。

我想要快點進行這項工作，那個人卻說要花一年的時間這麼漫長的時間。

➩ 百年先の完成とはずいぶん気の長い話だ。

一百年以後才會完成的事真是遙遙無期的事呢。

気が散る
分心

➩ 勉強をしなければとおもいつつ、ついゲームのほうに目がいって、気が散ってしまった。

邊想著不念書不行了，卻還是把目光放到電動上面，不小心分心了。

気が晴れない
心情不舒坦

➩ 気分転換にと友人が旅行に誘ってくれたが、試験の結果のことが頭にあって、いっこうに気が晴れなかった。

track 116

朋友為了幫我轉換心情所以約我去旅行，但因為我腦子裡都想著考試的結果，心情一直沒辦法舒坦。

気が塞ぐ
鬱悶／心情不舒暢

➪ 山積みしているややこしい仕事のことを考えると、休みだと言うのにますます気が塞いでくる。
一想到堆積如山煩人的工作，雖然是在休假心情還是漸漸感到鬱悶。

気が多い
不專一／見異思遷

➪ 彼は気が多くて、泣いた女は数知れない。
他總是見異思遷，不知讓多少女生哭泣。

➪ 彼は気が多くて、何にでもすぐ首を突っ込みたがる。
他個性不專一，不管什麼都有興趣。

気が大きい
大方／膽子大

➪ 酒を呑んで気が大きくなる。
喝了酒膽子也變大了。

気が小さい
心眼小／度量小／膽子小

➩ あの人は気が小さいので、人前で自分の意見が言えない。

那個人的膽子很小，不敢在別人面前說自己的意見。

気がある

有興趣／喜歡

➩ 私も気づかなかったが、どうも彼は以前からあなたに気があるようだ。

我之前雖然也沒注意到，但他大概從以前就對你有意思了。

気が置けない

推心置腹／不需客氣

➩ 彼とは気が置けない仲間だ。

我和他是推心置腹的朋友。

気が重い

心情沉重

➩ ほとんど勉強をしていないので、明日の試験のことを考えると気が重い。

因為幾乎沒念書，所以想到明天的考試就覺得心情沉重。

track 116、117

➪ 試験が近いので気が重い。

因為考試快到了所以覺得心情沉重。

気が勝つ

好勝／剛強

➪ 彼は気が勝った男だから、どんなにへこたれても決して弱音ははかない。

他因為很好勝，所以不管多麼精疲力竭都不會認輸。

気が軽い

心情舒暢／輕鬆

➪ 試験が済んで気が軽くなった。

因為考試結束了，所以心情變得很輕鬆。

気が利く

機靈

➪ あの子はなかなか気が利いている。

那個孩子很機靈。

気が気でない

焦慮

➪ 電車がなかなか来なくて、学校に遅れはしないかと気が気でなかった。

電車一直不來，因為擔心會遲到所以很焦慮。

気が腐る

沮喪

➪ 度重なる失敗で気が腐った。

屢次的失敗讓我心情沮喪。

気が狂う

發狂

➪ 悲しみで気が狂いそうだ。

因為過度悲傷好像要發狂了。

気が差す

內疚／過意不去

➪ 不義理をしたので、彼のところに行くのは気が差す。

因為做過對不起他的事，所以不好意思去他那邊。

気が沈む

心情鬱悶

➪ なんだかこの頃気が沈んで面白くない。

不知為什麼最近是心情鬱悶。

track 118

気が進む
起勁／投入

➪ 今の仕事はどうも気が進まない。
對現在的工作怎麼都提不起勁。

気が済む
滿意／心裡舒坦

➪ 思う存分言ってやらなきゃ気が済まない。
若不照自己心中的想法說的話，心情就不舒坦。

気がする
有意願／感覺好像

➪ 今日は飲みにいく気がしない。
今天沒有心思去喝酒。

➪ 雨が降りそうな気がする。
覺得好像要下雨了。

気がせく
著急

➪ 気がせいていて財布を忘れた。
因為太著急所以忘了帶皮夾。

気が立つ
激昂／興奮

➪ ひどく気が立ってきた。
異常興奮。

気が違う
發瘋

➪ あまりのショックで気が違った。
因為受到很大的打擊所以瘋了。

気がつく
注意到／心思細密

➪ 自分の誤りに気がついた。
注意到自己的錯誤。

➪ 彼は何事にもよく気がつく人だ。
他是心思細密，設想周到的人。

気が詰まる
呼吸困難／發悶

➪ せっかくの同窓会だと言うのに、先生が気が詰まるような話を長々とやるので、皆すっかり興ざめしてしまった。

track 119

難得的同學會，因為老師又悶又長的談話，讓大家都覺得很掃興。

気が遠くなる

昏倒

➪ あまりの痛さに気が遠くなりそうだった。

痛到好像快昏倒。

気がとがめる

不安／過意不去

➪ 気がとがめてそれ以上続けられなかった。

因為覺得過意不去，所以不能再繼續下去。

気が抜ける

無精打采／枯燥乏味

➪ 気が抜けたような顔。

無精打采的表情。

気が乗る

起勁／感興趣

➪ だんだん気が乗ってきた。

愈來愈起勁。

➪ そんなつまらないことはいっこうに気が乗らない。

那種無聊事我一向都沒興趣。

気が張る

緊張／興奮

➪ 気が張っていたせいか、全然眠くなかった。

大概是因為太興奮了，完全沒睡。

気が晴れる

心情舒暢

➪ これでやっと気が晴れた。

這下終於心情舒坦了。

気が引ける

相形見絀／不好意思

➪ こんなかっこうで人前に出るのは気が引ける。

以這個樣子出現在大家面前，讓人覺得害羞。

気がまぎれる

散心

➪ 買い物にでも出かけてみればいいのに、気がまぎれるよ。

可以出去逛東西看看，散散心。

track 120

気(き)が回(まわ)る
用心／周到

➪ そこまでは気(き)が回(まわ)らなかった。
沒能想得那麼周到。

気(き)が向(む)く
心血來潮

➪ 気(き)が向(む)いたら行(い)きます。
心血來潮的話就會去。

気(き)が滅入(めい)る
消沉／心情低落

➪ トラブル続(つづ)きですっかり気(き)が滅入(めい)ってしまった。
因為接連發生麻煩，所以心情變得很低落。

気(き)がもめる
焦慮不安

➪ 合格(ごうかく)するかどうか発表(はっぴょう)まで気(き)がもめる。
在發表合格結果之前都感到焦慮不安。

気で持つ

有毅力

➪ 今は気で持っている状態だと医者は言っている。

醫生說患者現在全憑意志力撐著。

気に入る

喜歡

➪ その一言が気に入った。

那句話深得我心。

➪ 物事はすべて自分の気に入るようになるわけではない。

事物不可能都盡如人意。

気に掛ける

介意

➪ やがてそれを気に掛けなくなった。

不久後就不介意那件事了。

track 121

気に食わない

不順眼／不稱心

➩ 何がそんなに気に食わないんだ。

什麼事讓你這麼不順眼？

気に障る

心裡不痛快

➩ 少しでも気に障るとすぐ暴力に訴える。

一有什麼不順心的，就訴諸暴力。

気に留める

留心／注意

➩ 誰も彼女の愚痴を気に留めなかった。

誰都沒有在意她的抱怨。

気になる

在意／擔心／有心／想要

➩ 子供の将来が大変気になる。

很在意孩子的未來　。

➩ 本を読む気にもならない。

無心讀書。

気のせい
心理作用

➪ それはあなたの気のせいだ。
那是你的心理作用。／你想太多了。

気のない
無精打采

➪ 気のない返事です。
愛理不理的回答。

気を落とす
灰心／喪氣

➪ 一度くらい失敗したからといって、気を落とすことはないよ。
只會過是一次失敗，何必這麼喪氣。

気を変える
轉換心情／重振旗鼓

➪ 仕事に行き詰まったときは、少し気を変えて他人の意見を取り入れてみるのが良い。
工作遇到瓶頸的時候，稍微轉換一下心情聽聽他人的意見也不錯。

track 122

気をきかせる
靈機一動

➪ 少し気をきかせろ。
動動腦筋嘛！

気を配る
留神／照顧

➪ あたりに気を配る。
留意周遭。

気を使う
用心／照顧

➪ 周りの人に気を使う。
對四周的人很照顧。

気をつける
當心／小心

➪ 気をつけていってらっしゃい。
出門小心。

気を詰める
全身貫注

➯ そんなに気をつめて仕事をすると体に悪いよ。
那麼拼命工作對身體不好喔。

気を取られる
只注意／被吸引

➯ こちらに気を取られるとあちらがお留守になる。
顧此失彼。

気を取り直す
轉換心情／重新振作

➯ 気を取り直して再び練習に励む。
重振精神後再開始努力練習。

気を呑まれる
懾服

➯ 相手の堂々たる体格に気を呑まれる。
被對手強壯的體格給嚇到。

気を吐く
揚眉吐氣

➪ 今大会成績不振のわがチームの中で、彼一人がメダルを取って気を吐いた。

隊伍在本次大會中成績低迷，只有他一個人得到了金牌為我們爭光。

気を許す
疏忽

➪ 気を許すと、有り金全部取られてしまうこともありますよ。

一疏忽就被拿走了所有的錢，這種事也發生過。

「出る」の使い方

「出る」的用法

説　明

下面介紹和動詞「出る」相關的慣用語。

足が出る

金錢虧空

➪ 今回の旅行は足が出てしまった.

這次旅行的花費超出預算。

世に出る

進入社會／出名

➪ 若くして世に出る.

年紀輕輕就出人頭地了。

➪ 40歳で世に出た。

在40歲的時候出人頭地。

➪ 世に出るまでが長かった。

花了很久的時間才成功。

のどから手(て)が出(で)る

十分想要

➪ のどから手(て)が出(で)るほどほしい車(くるま).

十分想要的車。

顔(かお)から火(ひ)が出(で)る

羞得滿臉通紅

➪ 顔(かお)から火(ひ)が出(で)るほど恥(は)ずかしかった.

害羞得滿臉通紅。

「引く」の使い方

「引く」的用法

說明

下面介紹和動詞「引く」相關的慣用語。

気を引く
引起注意

➡ 好きな人の気を引くために涙ぐましい努力をした.
為了引起喜歡的人的注意，做了極大的努力。

注意を引く
引人注意

➡ 彼女の動きは人々の注意を引く.
她的一舉一動總引起眾人的注目。

人目を引く
引人注目

➡ 彼女はいつも人目を引いている.
她總是令人注意。

血を引く
繼承血統

➪ あの子は外国人の血を引いている.
那個孩子有著外國人的血統。

尾を引く
造成影響

➪ あの事件はまだ尾を引いている。
那件事情還留有影響。

糸を引く
暗中操控

➪ 誰かが裏で糸を引いているに違いない。
一定有人在暗中操控。

手を引く
牽手／縮手

➪ 母の手を引いて横断歩道を渡った.
牽著母親的手過斑馬線。

➪ このプロジェクトから手を引いた.
從那個計畫收手不幹了。

track 125

「合う」の使い方

「合う」的用法

說明

下面介紹和動詞「合う」相關的慣用語。

息が合う

步調一致／合得來

➡ あの二人はぴったり息が合っています。

那兩個人很合得來。

馬が合う

合得來／投緣

➡ あの人とは馬が合わない。

我和那個人處不來。

肌が合う

合得來

➡ 何社かに対し就職活動をして、いちばん肌が合うと感じて入社を決めた企業が、たまたまオフィス家具メーカーでした。

應徵了好幾家公司，最後決定進入覺得最適合的一家公司剛好就是辦公家俱製造商。

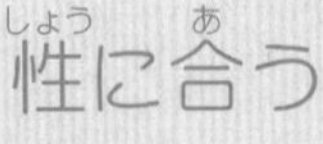

性(しょう)に合(あ)う

適合

➩ どうもこっちの方(ほう)が性(しょう)に合(あ)うようです。

我想應該是這個比較適合我。

口(くち)に合(あ)う

合口味

➩ 日本人(にほんじん)の口(くち)に合(あ)うよう、味付(あじつ)けしてくれています。

以適合日本人的口味進行調味。

• track 126

「上(あ)げる」の使(つか)い方(かた)

「上(あ)げる」的用法

説 明

下面介紹和動詞「上(あ)げる」相關的慣用語。

熱(ねつ)を上(あ)げる

熱衷

➩ 高校時代(こうこうじだい)から合唱(がっしょう)に熱(ねつ)を上(あ)げていた。

從高中時代就對合唱很熱衷。

音(ね)を上(あ)げる

抱怨／叫苦

➩ 月(つき)2～3万円(まんえん)の電話代(でんわだい)に音(ね)を上(あ)げる。

每個月2～3萬的電話費讓我叫苦連天。

手(て)を上(あ)げる

束手無策

➩ わがままな彼女(かのじょ)に手(て)を上(あ)げた。

對於任性的她感到束手無策。

気炎を上げる

氣勢高漲

➪ 出版不況下でも気炎を上げる『ONE PIECE』。

在出版業不景氣下，漫畫「航海王」的氣勢仍然高漲。

気勢を上げる

抖擻精神／提振氣勢

➪ 決勝戦を前に仲良く気勢を上げる日本とフランスのサポーター。

在決勝前友好地提振氣勢的日本隊和法國隊支持著。

棚に上げる

佯裝不知／束之高閣

➪ 自分のことは棚に上げる。

把自己的事置之不理。

（也不先想想自己的缺失）

● track 127

「入れる」の使い方

「入れる」的用法

說　明

下面介紹和動詞「入れる」相關的慣用語。

耳に入れる

聽見

➪ 噂を耳に入れた。

傳言進到了我的耳裡。

身を入れる

十分努力

➪ 普段より練習に身を入れる。

比平常還更努力投身於練習之中。

本腰を入れる

提起幹勁／努力認真

➪ 自動車市場の好景気維持に本腰を入れる。

為了維持汽車市場的好景而付出努力。

力を入れる
付出努力／致力

➡ 人材採用と育成に力を入れている。
致力於人材的採用及育成。

手に入れる
入手

➡ チケットを手に入れた。
買到票了。

活を入れる
打氣

➡ 3連敗と下降気味のチームに活を入れた。
為3連敗而氣氛低迷的隊伍打氣。

肩を入れる
支持

➡ 地元のチームに肩を入れる。
支持故鄉的隊伍。

• track 128

「いい」の使(つか)い方(かた)

「いい」的用法

說　明

下面介紹和「いい」相關的慣用語。

筋(すじ)がいい

有天份

➪ 先生(せんせい)にお世辞(せじ)でも筋(すじ)がいいねと誉(ほ)められてから何度(なんど)かゴルフをするようになりました。

因為被老師誇讚說我有天份，所以後來常去打高爾夫。

虫(むし)がいい

自私自利

➪ 女性(じょせい)は、男性(だんせい)に比(くら)べると、虫(むし)がいい方(ほう)が多(おお)い。

和男生比起來，女生自私自利的比例比較高。

分(ぶ)がいい

情勢有利

➪ 一回戦(いちかいせん)から分(ぶ)がいい相手(あいて)に当(あ)たってラッキーだ。

第一回合就擊中佔有優勢的對手，實在很幸運。

歯切れがいい
口齒清晰／風格明快

➩ 彼のコメントは大胆で歯切れがいい。

他的評論大膽且風格明快。

手回しがいい
做好了準備

➩ まったく、手回しがいいな。 私は本当にいい部下を持ったよ。

一切都準備得十分齊全，我真是擁有優秀的部下啊。

• track 129

「打つ」の使い方

「打つ」的用法

說明

下面介紹和動詞「打つ」相關的慣用語。

手を打つ
拍手／採取措施／達成協議／和好

➩ 手を打って喜ぶ。
開心地拍手。

➩ いろいろ問題点があるけど、この辺で手を打とう。
雖然有很多問題，但就從這個地方下手解決吧。

➩ 早めに別の手を打たなければならない。
不快點採取措施不行。

先手を打つ
先發制人

➩ 会員に満足してもらうために、常に先手を打つ。
為了讓會員滿意，我們經常主動出擊。

➩ ほかの企業の先手を打って売り出す。
比其他的企業還先開始販賣。

胸を打つ

打動人心

➪ この歌は、時代を超えて今も強く胸を打つ。

這首歌跨越了時代，至今仍感動人心。

➪ 強く世人の胸を打つ言葉。

深深打動人心的話語。

「高い」の使い方

「高い」的用法

說明

下面介紹和「高い」相關的慣用語。

目が高い

有眼光

➡ このデザインをお選びとは、さすがお客様はお目が高いです。

您選擇這個設計真是眼光獨到。

➡ 絵についてなかなか目が高いです。

很有看畫的眼光。

➡ これが彼の作品だとわかるとは、さすがお目が高い。

能夠了解他的作品，您真是慧眼獨具。

鼻が高い

值得驕傲

➡ 有名校に合格して、あなたの親としてもさぞ鼻が高いだろうね。

能考進名校，身為你的父母我也感到驕傲。

➪ 子供(こども)が優秀(ゆうしゅう)なので鼻(はな)が高(たか)いです。

因為孩子很優秀所以感到驕傲。

敷居(しきい)が高(たか)い

不好意思

➪ 今度(こんど)のことでは散々迷惑(さんざんめいわく)をかけ、彼(かれ)の家(いえ)は敷居(しきい)が高(たか)くなってしまった。

這次的事情造成了他許多困擾，我也不好意思去他家拜訪了。

「切る」の使い方

「切る」的用法

說明

下面介紹和動詞「切る」相關的慣用語。

先頭を切る

領頭／先導

➪ 先進技術の多くの分野で、今日本が先頭を切っている。

在許多先進技術的分野，日本現在都是居於領導地位。

手を切る

切斷關係

➪ 一刻も早く、その彼と手を切ってください。

請趁早和他斷絕往來。

自腹を切る

自費

➪ 新聞を自腹を切って購読しています。

自費買報紙來看。

口火(くちび)を切(き)る
發端／開頭

➪ 逆転劇(ぎゃくてんげき)の口火(くちび)を切(き)った。
開啟逆轉的關鍵。

白(しら)を切(き)る
佯裝不知情

➪ 今度(こんど)の事件(じけん)の被疑者(ひぎしゃ)はあくまでも白(しら)を切(き)っていた。
這次事件嫌疑犯隱藏了事實。

• track 132

「出す」の使い方

「出す」的用法

説　明

下面介紹和動詞「出す」相關的慣用語。

口を出す
插嘴

➪ 彼らの問題に君が横から口を出す必要はないじゃないか。

這是他們的問題，你沒必要從旁插嘴。

顔を出す
露臉

➪ 忙しいだろうが、たまには顔を出してくれよ。

雖然你很忙，但偶爾也要來露個臉吧。

尻尾を出す
露出馬腳

➪ 犯人もとうとう尻尾を出した。

犯人已經露出了馬腳。

精を出す
起勁／有幹勁

➪ 仕事に精を出す毎日に、私は大変生きがいを感じています。
每天都寄情於工作，讓我充分感受到存在的價值。

手を出す
參與／出手／插手

➪ 部下の仕事に手を出してもかえって迷惑をかけるだけだ。
插手屬下的工作反而會造成麻煩。

➪ 株に手を出すのなら事前によく勉強してからのほうがいい。
如果想玩股票的話，最好事前做好功課。

➪ 喧嘩は先に手を出したほうが悪い。
吵架時先動手的一方就是不對。

➪ 他人のものに手を出してはいけない。
別人的東西不可以動。

• track 133

「付く」の使い方

「付く」的用法

説明

下面介紹和動詞「付く」相關的慣用語。

耳に付く
聽厭／吵鬧

➩ 電車の音が耳に付いてちっとも眠れない。
火車的聲音太吵讓我睡不著。

人目に付く
引人注目

➩ あんまり人目に付くような服装で外出しないほうがいいでしょう。
最好不要穿太引人注目的衣服出門。

鼻に付く
討厭／厭煩

➩ はじめは珍しいが、すぐ鼻に付く。
一開始覺得很稀奇，但馬上就膩了。

気が付く

注意／發現

➪ 過ちに気が付いた。

發現了錯誤。

足が付く

找到蹤跡／找到線索

➪ 現場に残された遺留品から、犯人の足が付くことが多い。

從現場的遺留品中發現許多犯人的線索。

目に付く

醒目

➪ 必要なものは、いつも目に付くところへ置くようにしている。

必要的東西，總是放在醒目的地方。

track 134

「立(た)つ」の使(つか)い方(かた)

「立(た)つ」的用法

說　明

下面介紹和動詞「立(た)つ」相關的慣用語。

筆(ふで)が立(た)つ
擅長寫文章

➪ 彼(かれ)は口数(くちかず)は少(すく)ないが、筆(ふで)が立(た)つことで有名(ゆうめい)だ。
他雖然話不多，但是寫作很出名。

腹(はら)が立(た)つ
生氣

➪ いつものことながら、彼(かれ)の無愛想(ぶあいそ)な応対(おうたい)には腹(はら)が立(た)つ。
雖然他平時就是這樣，但還是對他冷淡的態度感到火大。

腕(うで)が立(た)つ
優秀／技術高超

➪ 彼女(かのじょ)は柔道(じゅうどう)の腕(うで)が立(た)つ。
她的柔道很厲害。

顔が立つ

給面子

➩ 君がちょっと我慢すれば彼の顔が立つんだが。

你如果忍耐一下的話就可以給他留點面子了。

気が立つ

緊張

➩ 気が立って寝られない。

因為很緊張所以睡不著。

角が立つ

不圓滑／粗暴

➩ 私の口から注意すると角が立つから、あなたのほうから彼に言ってくれないか。

如果是我來警告他的話會造成磨擦，還是讓你來和他說吧。

• track 135

「とる」の使い方

「とる」的用法

説　明

下面介紹和動詞「とる」相關的慣用語。

音頭をとる
領頭／發起

➡ 彼が音頭を取って、災害地の人々に日用品を送る運動が始まった。

他發起了送日用品給災區人們的活動。

不覚をとる
遭遇失敗

➡ この問題は得意分野なのに不覚を取ってしまった。

這個問題明明是我拿手的卻失敗了。

➡ 油断して不覚を取るな。

千萬別因一時大意而失敗。

➡ 試験で不覚を取った。

考試竟然失敗了。

盾(たて)にとる

當作藉口／保護自己

➪ 人(ひと)の弱(よわ)みを盾(たて)にとる。

把別人的弱點當作保護自己的理由。

機嫌(きげん)をとる

取悅

➪ 彼(かれ)は課長(かちょう)の機嫌(きげん)をとるのに一生懸命(いっしょうけんめい)だ。

他為了取悅課長十分努力。

track 136

「張る」の使い方

「張る」的用法

說　明

下面介紹和動詞「張る」相關的慣用語。

胸を張る
抬頭挺胸

➪ 胸を張って堂々と言おう。
抬頭挺胸堂堂正正的說吧。

体を張る
豁出去

➪ 体を張って実行する。
不惜生命地努力實行。

我を張る
堅持己見

➪ つまらないことに我を張るより、冷静になって考えてみることが大切だ。
與其執著於無聊的小事，不如冷靜下來想想比較重要。

気が張る

緊張／情緒緊繃

➡ 病院に居る時は気が張っていて泣けなかった。

在醫院時因為一直情緒緊繃，所以哭不出來。

根を張る

紮根

➡ 私達の夢は、広島に根を張っている中小企業が元気良く、活動している姿を見ることです

我們的夢想就是能看到生根於廣島的中小企業十分活躍。

雅典文化 讀者回函卡

謝謝您購買這本書。

為加強對讀者的服務，請您詳細填寫本卡，寄回**雅典文化**；並請務必留下您的E-mail帳號，我們會主動將最近"好康"的促銷活動告訴您，保證值回票價。

書　　名：這句日語你用對了嗎

購買書店：＿＿＿＿＿市／縣＿＿＿＿＿＿＿＿書店

姓　　名：＿＿＿＿＿＿＿＿　生　日：＿＿＿年＿＿月＿＿日

身分證字號：＿＿＿＿＿＿＿＿＿＿＿＿＿＿＿＿

電　　話：(私)＿＿＿＿＿(公)＿＿＿＿＿(手機)＿＿＿＿＿＿

地　　址：□□□□□ ＿＿＿＿＿＿＿＿＿＿＿＿＿＿

E - mail：＿＿＿＿＿＿＿＿＿＿＿＿＿＿＿＿＿＿

年　　齡：□ 20歲以下　□ 21歲～30歲　□ 31歲～40歲

□ 41歲～50歲　□ 51歲以上

性　　別：□ 男　□ 女　婚姻：□ 單身　□ 已婚

職　　業：□學生　□大眾傳播　□自由業　□資訊業

□金融業　□銷售業　□服務業　□教職

□軍警　□製造業　□公職　□其他

教育程度：□國中以下（含國中）　□高中以下　□大專　□研究所以上

職 位 別：□在學中　□負責人　□高階主管　□中級主管

□一般職員□專業人員

職 務 別：□學生　□管理　□行銷　□創意　□人事、行政

□財務、法務　□生產　□工程　□其他＿＿＿＿＿＿

您從何得知本書消息？

□逛書店　□報紙廣告　□親友介紹

□出版書訊　□廣告信函　□廣播節目

□電視節目　□銷售人員推薦

□其他＿＿＿＿＿＿＿＿＿＿＿＿＿＿＿＿

您通常以何種方式購書？

□逛書店　□劃撥郵購　□電話訂購　□傳真訂購　□信用卡

□團體訂購　□網路書店　□DM　□其他＿＿＿＿＿＿

看完本書後，您喜歡本書的理由？

□內容符合期待　□文筆流暢　□具實用性　□插圖生動

□版面、字體安排適當　□內容充實

□其他＿＿＿＿＿＿＿＿＿＿＿＿＿＿＿＿

看完本書後，您不喜歡本書的理由？

□內容不符合期待　□文筆欠佳　□內容平平

□版面、圖片、字體不適合閱讀　□觀念保守

□其他＿＿＿＿＿＿＿＿＿＿＿＿＿＿＿＿

您的建議：

＿＿＿＿＿＿＿＿＿＿＿＿＿＿＿＿＿＿＿＿

＿＿＿＿＿＿＿＿＿＿＿＿＿＿＿＿＿＿＿＿

剪下後請寄回「221台北縣汐止市大同路3段194號9樓之1雅典文化收」

請用膠帶黏貼

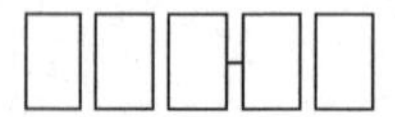

廣　告　回　信
基隆郵局登記證
基隆廣字第 056 號

2 2 1 - 0 3

台北縣汐止市大同路三段 194 號 9 樓之 1

雅典文化事業有限公司

編輯部　收

請沿此虛線對折免貼郵票，以膠帶黏貼後寄回，謝謝！

為你開啟知識之殿堂